सफलता की सीढ़ी

प्रो0 हरी सिंह कुशवाहा

लेखक एवं चिंतक
पूर्व प्राध्यापक – (राजनीतिशास्त्र)
शासकीय माधव महाविद्यालय
उज्जैन (म.प्र.)

KAVYA
PUBLICATIONS

Publisher:

SDR INNOWAYS INDIA PVT. LTD.
667, Rajaward, Kulpahar, Mahoba - 210426

Imprint:
KAVYA PUBLICATIONS
Plot No.107C, Hanuman Khand, Gulabvatika, Behta Hazipur, Loni-UP (Near Dilshad Garden Delhi) NCR -201102

Mob. : 7905266820
Website : www.kavyapublications.com
E-Mail : info@kavyapublications.com

ISBN : 978-93-6431-760-3

Year : 2026

This book is printed at MTL and published by author Ajay Agrawal, CEO of SDR Innoways India Pvt. Ltd. Kulpahar Mahoba with its imprint and centre, Kavya Publications Delhi.

सफलता की सीढ़ी

पुस्तक – सफलता की सीढ़ी

लेखक – प्रो0 हरी सिंह कुशवाहा

संस्करण – प्रथम 2025

प्रकाशक – काव्य प्रकाशन

मुद्रक मूल्य

शब्द संख्या

चित्रांकन

लेखक की कलम से

'कर्म योगी – ज्ञानवान लोग अपने भाग्य का निर्माण स्वयं करते हैं।'

स्वामी विवेकानंद कहते हैं – 'उठो, जागो। आगे बढ़ो, तब तक ना रुको, जब तक लक्ष्य प्राप्त न कर लो। अपने लक्ष्य को पानी में अपना सर्वस्व अर्पित कर दो जो कोई वस्तु तुम्हें चाहे सुविधाओं की अधिकता हो अथवा अन्य आकर्षक हमें लक्ष्य से भटकाते हैं उसे जहर समझ कर उसका परित्याग कर दो।

सफलता का जन्म विचारों से होता है, वह हमारा सपना होती है, जो लंबी तपस्या व साधना के बाद कर्मवीर ज्ञानवान लोग अपना तन–मन–धन सर्वस्व लगाकर उसकी कीमत चुकाकर ही पाया जा सकता है। हमारा संघर्ष – कर्मठता – प्रयास जितने कठिन व बड़े होंगे, सफलता हमारी उतनी ही बड़ी होती है।

रात जितनी काली होती है

तारे उतने ही चमकते हैं।

मेहनत जितनी कड़ी होती है

सफलता उतनी ही बड़ी होती है।।

संघर्षों में मथकर, आग की भट्टी में तप कर, चोटों को सहकर ही एक अनमोल व्यक्तित्व का निर्माण होता है।

प्रो0 हरी सिंह कुशवाहा – उज्जैन (म0 प्र0)

अनुक्रम

समर्पण

युवा शक्ति के नाम सादर सतर्पित

प्रो0 हरी सिंह कुशवाहा

1. व्यक्तित्व का आभामंडल

युग – युग के संचित संस्कार
ऋषि–मुनियों के उच्च विचार।
धीर वीरों के हैं यह व्यवहार
निज संस्कृति के है श्रृंगार।।

'व्यक्ति का सर्वांगीण व्यक्तित्व विकास (शारीरिक–मानसिक – आध्यात्मिक – चारित्रिक) के व्यक्ति निर्माण – समाज निर्माण – राष्ट्र निर्माण – मानवता के दिव्य रूप ही राष्ट्र–समाज की अनमोल संपदा है। एक व्यक्ति जो आत्मबल – साहस – जुनून से परिपूर्ण है, ऐसे लोग ही नायक–महानायक बन राष्ट्र–समाज का भाग्य बदल सकते हैं।'

युवाओं के आदर्श महान
ज्ञानियों के हैं अभिमान।
अध्यात्म जगत है विश्व गुरु
राष्ट्रभक्तों के है नायक सदा।।

विवेकानंद आदर्श प्रेरणा बने
योग दिवस रूप जयंती मने।
अध्यात्म ज्ञान शिखर पावे
जन–मन यश कीर्ति गावे।।

'अपने व्यक्तित्व का सर्वांगीण विकास करो। यही राष्ट्र निर्माण की सीढ़ी होगी। यदि निःस्वार्थ भाव से पूर्ण समर्पित होकर तुम जुनून के साथ अपना तन–मन–धन अर्पित कर दो। यही राष्ट्र–समाज आपको सब कुछ देगा। यही जीवन की सार्थकता होती है।'

'किसी का व्यक्तित्व ही उसके प्रभाव का कारण होता है। आज हमें आवश्यकता ऐसे लोगों की है जो सर्वांगीण व्यक्तित्व विकास वाले राष्ट्र निष्ठावान, निःस्वार्थ, कर्मठ, साहसी हो।' इन्हीं के सफल प्रयासों एवं समर्पण से राष्ट्र विकास में अपनी श्रेष्ठ सहभागिता निभा सकेंगे। ऐसे ही लोग राष्ट्र–समाज की अनमोल संपदा होते हैं। इन्हीं के नेतृत्व में राष्ट्र में सुरक्षा – एकता – विकास की धारा प्रवाहित होती है। यही आदर्श नायक राष्ट्र–समाज के सामान्य जनों के आदर्श एवं प्रेरणा स्रोत वह आदर्श मार्गदर्शन बन जाते हैं।

स्वामी विवेकानंद एक ऐसा तराशा – निखारा – आभावान व्यक्तित्व है जिसका सर्वांगीण व्यक्तित्व विकास हुआ है। वे भारत में अपनी श्रेष्ठ – उच्च अध्यात्म के कारण प्रेरणा माने जाते हैं। उन्होंने भारत में गुलामी के दौरान भी राष्ट्रीय चेतना का द्वीप प्रज्वलित कर राष्ट्र प्रेम का आलोक फैलाया। भारतीयों में आत्मगौरव – स्वाभिमान व स्वाधीनता का भाव जगाया। अपने व्यक्तित्व के आभामंडल से अध्यात्म चेतना के अंधविश्वास एवं समाज की कुरीतियों पर कुठाराघात किया जिससे व्यक्ति के अवगुणों का विनाश करने के प्रयास किए वे भी फलित हुए।

स्वामी विवेकानंद भारत में क्रांतिकारियों के चिंतन प्रेरणा स्रोत बन गए। उनके लिए आदर्श मार्गदर्शक स्वरूप प्रेरणा बने। हमारे राष्ट्रीय आंदोलन के प्रेरक बन राष्ट्रीय चेतना के जनक माने गए।

युवा शक्ति किसी भी राष्ट्र समाज की कर्णधारी होती है। यह युवावस्था जीवन का स्वर्ण युग होती है। इस युवा शक्ति को राष्ट्र प्रेम – विकास की सहभागिता की सही राह पर मिलना आवश्यक होता है। यह युवा शक्ति कुछ भी कर सकती है। यही युवा शक्ति गलत राह पर जाकर अपने स्वयं को भी तबाह कर सकती हैं। जैसे – घर का चिराग घर को भी आग लगा सकता है।

इस युवा शक्ति की ताकत से ही राष्ट्र बने, इसके लिए युवा वर्ग को भी निःस्वार्थ भाव से राष्ट्र को सर्वस्व अर्पित करने को तैयार रहना चाहिए। यह युवा शक्ति राष्ट्र की अनमोल धरोहर होती हैं। यह इस देश का गौरव है, उज्जवल भारत का प्रतीक है, देश का विश्वास है, राष्ट्र की आस है, यही राष्ट्र का मान सम्मान है। राष्ट्र की आन–बान–शान की रक्षक है। यह भारत माता की उन्नत ढाल बने। यह युवा ऊर्जा शक्ति का प्रवाह तूफान से भी अधिक एवं बम की ताकत से भी ज्यादा ताकतवर है। 'युवा' का उल्टा करें तो वह वायु होता है। अर्थात् तूफान – आग – शक्ति का प्रतीक है। इसके प्रचंड वेग से कुछ नहीं बचता है।

कहा जाता रहा है –

जो पहाड़ों से टकराते हैं
उसे तूफान कहते हैं।
जो तूफानों से टकराते हैं
उसे नौजवान कहते हैं।

जीवन में कोई भी सफलता आकस्मिक नहीं मिलती है। हर एक सफलता हमारा वर्षों का सपना होती है। जिसे पाने के लिए दिन–रात मेहनत कर उसकी कीमत चुकानी होती है। जितना संघर्ष–प्रयास होगा सफलता उतनी ही शानदार होगी। इस बड़े लक्ष्य को पाने के लिए इसमें जितना ज्यादा जुनून – रुचि – लगन – प्रयास होगा सफलता उसी का प्रतिफल होती हैं। हर सफलता अपनी कीमत – त्याग – संघर्ष – धैर्य – साहस – प्रयास मांगती हैं। किसी कार्य की एक पृष्ठभूमि होती है। उससे हमारे मन में विचार उगता है। इस विचार का भी कोई पूर्व आधार अवश्य होता है। यही विचार हमारे अन्र्तमन में एक बीज की तरह आरोपित हो जाता है। यह बीज है जो उस लगन–प्रयास–धैर्य–साहस की शक्ति से सींचता है तब हमारे इस संकल्प पर ईश्वर व प्रकृति की भी कृपा होती है। तभी वह एक विशाल वृक्ष का रूप लेकर फलता–फूलता है विकसित होकर बिना अपेक्षा के निःस्वार्थ रूप में सब कुछ देता है।

जब किसी कार्य में संकल्प, रुचि–लगन से सतत् प्रयास करते हैं तब हमारा यह कदम सफलताओं की सीढ़ियों की ओर ही होता है। यदि किन्हीं कारणों से असफलता – विसंगति – विषमताओं – व्यंग्य बाणों से भी अंर्तमन चेतना की अभिव्यक्ति होती है। यह चुभन की ही चिंगारी बनकर एक जुनून का रूप ले लेती है। यही कार्य चुनौती बनकर जुनून में बदलकर अद्भुत ऊर्जा प्रदान करता है। यही जुनून लक्ष्य प्राप्ति में ब्रह्मास्त्र बनकर हमें आगे बढ़ाता है। यह जुनून की आग ही हमें रुकने नहीं देती है। बैठने भी नहीं देती है।

शक्ति ही होती है भय रोग दवा
शक्तिशाली ही करें राष्ट्र सेवा
खेलों–कूदों तन पाओ मजबूत
शक्ति शास्त्र से जीतो जग सारा।

जब दूध है मथता
तब मक्खन बनता।
जब वह है तपता
तब मावा–घी बनता।
जब दूध में पानी मिले
तब दूध मूल्य हो जाता।
होता यही सत्संग प्रतिफल
मिलकर अनमोल हो पाता।।
तब कर्तव्य बोझ नहीं आनंद लगे सदा।

जुनून रुकने–झुकाने में नहीं होता है। यही जुनून है जो विषमता, अभाव, विसंगति, आपदा, विपदा, चुनौतियाँ भी उसे रोक नहीं सकती हैं। यही जुनून ही है जो हमारी काँटों भरी राह को भी फूलों की राह में बदल देता है। बस, हममें कार्य करने का जुनून चाहिए। ऐसे ही लोग अपनी असफलता से सीख लेते हुए, चुनौती मान, फिर बार–बार प्रयास करते हुए अंततः उसे सफलता में बदल देते हैं।

जब हम कोई भी कार्य करते हैं। ज्ञानवान, कर्मवीर व्यक्ति धैर्य, साहस से सतत् प्रयास करते हुए अंततः सफल हो ही जाते हैं। जब हम सतत् अभ्यास करते हुए उसमें धीरे–धीरे हमें निपुणता–कुशलता आने लगती है। जो हमारा आत्मविश्वास बढ़ाकर छोटी–छोटी सफलताओ में बदल देती है। एक दिन इन छोटी–छोटी सफलताओं से ही बड़ी उपलब्धियों का पहाड़ खड़ा हो जाता है। जैसे बूँद–बूँद से सागर भरता है, वैसे ही छोटे–छोटे प्रयासों से ही बड़ी सफलता का मूल आधार बन जाता है। यह संसार ऐसे ही कर्मयोगी, पुरुषार्थी, साहसी, धैर्यवान लोगों की पूजा करते हैं, उन्हें ही अपना आदर्श–मार्गदर्शन मानते हैं। ऐसे ही लोग महापुरुषों, महान नायकों की श्रेणी में आकर समाज, राष्ट्र, मानवता के आदर्श बन जाते हैं। यही लोग होते हैं जो अपनी ही कर्मठता, ज्ञान, साहस, संकल्प, आस्था, धैर्य से मंजिल का शिखर छूकर उन लोगों में शामिल हो जाते हैं जो अपने आत्मविश्वास के बल पर ही फर्श से अर्श तक की विकास यात्रा तय कर लेते हैं। सफल लोग कोई आसमान से नहीं गिरते हैं, वे भी इसी धरा पर संघर्ष, संकल्प, प्रयास करते हुए सीढ़ी–दर–सीढ़ी आसमान की ऊँचाइयाँ छू लेते हैं। विश्वास ही नहीं होता है – इन सामान्य लोगों ने असामान्य कार्य कैसे कर दिया।

लगता है कि उनके कर्म, ज्ञान, आस्था के साथ ईश्वर व प्रकृति भी उन्हें पात्र चुनकर उन्हें उसी दिशा में आगे बढ़ने का अवसर प्रदान करती है। उनके जीवन यात्रा में कई द्वार बंद कर उस द्वार को खोल देती है जो उनके लिए उपयुक्त था। इन लोगों का त्याग, तपस्या, निःस्वार्थता, जुनून, संकल्प ही उनकी राह–शक्ति बनती हैं। ये ही लोग होते हैं जो अपने प्रयासों से करिश्मा करते हुए सफलता के सुपात्र बन जाते हैं। इन्हें परिस्थिति,

विषमता, विसंगति, अभाव भी निखारते–तराशते हैं। यही लोग होते हैं जो लगता है इसी कार्य के लिए बने हैं। प्रत्येक क्षेत्र में ऐसे लोग मिल जाएँगे–कला, साहित्य, संगीत, नृत्य, विज्ञान, खेल, शोध, समाज सेवा में अपनी योग्यता, क्षमता, शत–प्रतिशत समर्पण दिखाते हैं। प्रयासों की क्यारी में ही खिलते हैं सफलता के फूल। जो आनंद हमें मंजिल पाने पर भी नहीं मिलता है, उससे ज्यादा सुख–आनंद मंजिल पाने के प्रयास–संघर्ष में होता है। जो सफलता हमें कठिनाई, संघर्ष, प्रयास से मिलती है, वह उतनी ही बेशकीमती होती है।

जैसे एक विद्यार्थी बचपन में अभावों, गरीबी, विषमता, विसंगति, विपदा से कठिन संघर्ष करते हुए सीमित साधन–सुविधाओं के बीच धीरे–धीरे आगे बढ़ता है। उसमें वह प्राथमिक, माध्यमिक, हायर सेकेंडरी की पढ़ाई प्रथम श्रेणी, प्रावीण्य सूची में स्थान पाना उसके लिए अग्नि परीक्षा थी। किंतु उसे जब अभाव, गरीबी, विपदा रोक नहीं पाती है। यह ज्ञान साधना उसके लिए जुनून बन गयी थी। जब वही विद्यार्थी अपनी ज्ञान शक्ति बढ़ाकर महाविद्यालय में शिक्षा प्राप्त कर, प्रतिभावान योग्यता से प्रतियोगी परीक्षा पास कर बड़े पद पर चयनित हो जाता है, तब उसके लिए सब कुछ बदल जाता है। यही एक ज्ञानवान, कर्मवीर की साधना विकास यात्रा का श्रेष्ठ उदाहरण हो, आदर्श व्यक्ति बन जाता है।

यदि हमारे मन में दृढ़ विश्वास, संकल्प, प्रयास, इच्छा शक्ति हो तो जीवन में बड़ी से बड़ी बाधा हमे रोक नहीं पाती हैं। इन्हें ही ईश्वर, अवसर, भाग्य, कायनात भी साथ देती है। ऐसा लगता है कि हर पक्ष उनके कार्य को आगे बढ़ा रहा है। उनकी सोच–विचारों के अनुसार उनकी उपलब्धियाँ भी बड़ी हैं जिन्हें सामान्यतः सहजता से नहीं पाया जा सकता है। हमारा मनोबल व प्रयास ही हमें

विजयी बना सकते हैं। इस मन में अदम्य शक्ति होती है जिसका मुकाबला नहीं किया जा सकता है। मनोबल असंभव को भी संभव बना देता है। मन की शक्ति ही जीत का शिखर छूने में मदद करती है।

जिरमी कोलियर ने कहा–'सतत प्रयास और अधिक विश्वास से ही कठिनाइयाँ काफूर हो जाती हैं।'

असफल होना और विषम परिस्थितियों में आना भी हमारे व्यक्तित्व की अग्नि परीक्षा है। इसमें ही संघर्ष, प्रयास, धैर्य, विश्वास से ही विजय मिलती है। इन्हीं प्रयासों–संघर्षों से निखर कर व्यक्ति कंचन बन जाता है। प्रयासों की क्यारी में ही सफलता के फूल खिलते हैं। इन्हीं प्रयासों में ही जीवन की सार्थकता है। विषमता में लड़ना ही भविष्य में विजय की नींव होती है। यह ज्ञान, अनुभव, अनुभूति के समझ प्रयास मिलकर ही हमें निखार कर चमकदार व अनमोल बना देते हैं।

हमारा सपना, हमारी योजना, हमारा प्रयास ही लक्ष्य की ओर बढ़ने की सतत् सीढ़ी होती है। हमें अपना शत–प्रतिशत लगाकर अपना सर्वस्व निछावर करना ही होगा, तभी हम अपनी सफलता को प्रभावी बना सकते हैं। यही सफलता हमें विकास के कई नए अवसर प्रदान करती है। इसी से हमारे भविष्य का निर्माण होता है। जीवन को संघर्ष, विश्वास, धैर्य, प्रयास ही मजबूत बनाते हैं। हम बड़ी सफलता अपने कठिन, सतत् प्रयासों से ही हासिल कर सकते हैं।

विचार शक्ति के साथ हमारे ज्ञान में कर्म रूपी दो पंखों से अनंत आकाश में ऊँची उड़ान भरी जा सकती है। जब हम अपनी विकास यात्रा में एक सर्वांगीण विकसित व्यक्तित्व की आभा को सफल मूल आधार बना सकते हैं। यदि प्रयासों से सतत् विश्वास से बढ़ते रहने से ही जुनून

वाला व्यक्ति मुस्कुराते हुए जुनून–समर्पण के सभी काँटों की राह को भी सहज ही आनंद के साथ पार कर लेता है। लक्ष्य की ओर सतत् बढ़ते चलो, मंजिल तुम्हारे सामने है। यही हमें सुख, शांति, आनंद व विजयी होने का गर्व दे सकती हैं। समस्याओं का हल चिंता नहीं, चिंतन में छुपा हुआ है। प्रयासों से समस्याओं का निदान संभव है।

जैसे सूरज, चाँद, सितारे
उज्ज्वल जग कर जाते।
वैसे ही महापुरुष अपना
राष्ट्र सजग कर पाते।

जोखिम उठाकर, संघर्ष करते हुए युवा शक्ति, अवसरों का लाभ उठाकर कई नए अवसर को जन्म दे सकती है।

युवा है राष्ट्र की धरोहर
युवा है राष्ट्र का गौरव।
युवा है राष्ट्र का विश्वास
युवा है राष्ट्र की आस।।

युवा शक्ति की चेतना–समर्पण से ही राष्ट्र निर्माण संभव होगा।

2. हमारा लक्ष्य और आदर्श

मंजिल उन्हीं को मिलती है,
जिनके सपनों में जान होती है।
पंखों से कुछ नहीं होता है,
हौसलों से उड़ान होती है।।

'लक्ष्य की ओर सतत् एकाग्रता, लगन, मेहनत से बढ़ते रहो। लक्ष्य पाने के लिए अपना सर्वस्व लगा दो। जो भी कोई लक्ष्य में बाधा या विपदा बने, उसे जहर समझ कर परित्याग कर दो।'

अगर लक्ष्य पाने का
होता है जुनून जब।
तब राह के काँटे भी
लगते हैं फूल।।

अगर लक्ष्य विहीन
हो जीवन अगर,
तब शाही गद्दे भी
लगते हैं शूल।।

'लक्ष्य ही जीवन आदर्श है।'

जीवन का लक्ष्य हो ऊँचा,
रहे आदर्श भी है श्रेष्ठ।
भरो ज्ञान व कर्म पंख से,
हो अनंत आकाश उड़ान।।

लक्ष्य को ही अपने जीवन का आदर्श बनाओ। अपने लक्ष्य को पाने के लिए अपना सर्वस्व जी–मन–प्राण लगा दो। जो कोई भी वस्तु तुम्हारे लक्ष्य में बाधा बने, चाहे वह शक्तिक्षय कारक हो या शक्ति अपव्यय आकर्षण, उन्हें जहर समझ कर इनका परित्याग कर दें।

यह मानवता का इतिहास अनगिनत लोगों का है जो अपने लक्ष्य और आदर्श के प्रति निःस्वार्थ भाव से जीवन भर समर्पित रहे। हमें अपना भाग्य स्वयं बनाना है। बाहरी आडंबर नहीं, अपना पुरुषार्थ प्रकट करें। लक्ष्य प्राप्ति के लिए संघर्ष करने का धैर्य–प्रयास करना ही होगा।

कोई भी वस्तु हमें शारीरिक, मानसिक, आध्यात्मिक, चारित्रिक रूप से कमजोर बनाये, उन्हें अपने पैर की उँगली से भी नहीं छूना है। यदि हम अपने लक्ष्य की ओर बढ़ने के लिए मनसा, वाचा, कर्मणा एक हो, तो मुट्ठी भर लोग दुनिया को बदल सकते हैं। अपने लक्ष्य को सदा तुम आँखों के सामने रखो, उसे कभी भी मत भूलो। तुम अपने लक्ष्य पर सदैव अडिग रहो। जितना बड़ा हमारा लक्ष्य होगा, उतने ही अधिक त्याग, परिश्रम, समर्पण की आवश्यकता होगी। हर सफलता अपनी कीमत माँगती है। किसी भी लक्ष्य को पाने, अपने सपनों को पूरा होने में कई दशकों का समय लग जाता है। कभी–कभी बड़ा लक्ष्य जीवन के अंतिम पड़ाव पर मिल पाता है, जैसे

राष्ट्रीय–अंतर्राष्ट्रीय प्रतिष्ठित पुरस्कार व सम्मान पाने में अमृत उत्सव आयु तक संभावना बनती है।

'जैसे हमारा लक्ष्य होगा, वैसा ही हमारा जीवन आदर्श होगा।'

लक्ष्य के प्रयास में या तो हम जीत जाते हैं या फिर सीख मिलती है। हार मानने की बजाय उसे सीख और चुनौती मान फिर से प्रयास करने की सोच ही ज्यादा बेहतर है।

अपने जीवन का लक्ष्य तय करो, उसे समझो। हर क्षण, हर पल, हर वक्त वह हमें स्मरण रहे। हमारा और लक्ष्य का संबंध वैसा ही होना चाहिए जैसा मछली व पानी का होता है। जैसे मछली बिना पानी के नहीं रह सकती, पानी ही उसका जीवन है, वैसा ही हमारा लक्ष्य हर क्षण हमें स्मरण रहे। वही हमारा जीवन बन जाए। हमारा उठना, बैठना, सोना, जगना, खाना, पीना सब कुछ लक्ष्य में ही समाहित हो जाए। वही हमारा जीवन बन जाए। उसे पाने के लिए हमें अपना शत–प्रतिशत अर्पित करना ही होगा।

ज्ञान ही वह शक्ति है जो हम में आत्मविश्वास पैदा कर अंतर्मन की शक्ति को जागृत कर हमें विकास के मार्ग पर ले जाती है। यदि हमारा सपना व सोच बड़ी है, तब बीज रूपी लक्ष्य भी बड़ा ही होगा। उसके अंकुरण पर उसे हमें सुरक्षित करना होगा। तभी वह विकसित होकर वक्त आने पर फल–फूल देगा। हमें अपने लक्ष्य को पाने के लिए ज्ञान–कर्म के पंख लगाकर ही अभ्यास–प्रशिक्षण लेकर लगन से अनंत आकाश में ऊँची उड़ान भरनी होगी। जैसे उदाहरण के लिए एक विद्यार्थी ज्ञान प्राप्ति की साधना–तपस्या में स्वयं को पूर्ण रूप से निपुण, सक्षम, योग्य बना लेता है, तब ही वह किसी बड़ी परीक्षा में

सफलता पाकर बड़ा पद–सम्मान प्राप्त कर लेता है। तब उसका ज्ञान, उसकी विशेषज्ञता, उसका जुनून, उसकी परिश्रमता, उसका संकल्प उसे सफलता के शिखर पर पहुँचा देती है।

पतंजलि कहते हैं– 'अपने लक्ष्य की प्राप्ति के लिए अपनी शक्तियों को लगाकर ही परिश्रम करना ही सच्चा पुरुषार्थ होता है।' ज्ञान प्राप्ति जीवन की सर्वश्रेष्ठ तपस्या का चरम लक्ष्य होता है। इस ज्ञान को कठोर साधना, तपस्या से एकाग्रता, धैर्य, लगन, अभ्यास से ही पाया जा सकता है। जब सफल होकर कोई ऊँची मंजिल पा लेता है, तब कई अवसरों को प्राप्त कर उसके विकास के कई नए द्वार खुल जाते हैं। यही ज्ञान ही होता है जो व्यक्ति को विद्वानों के बीच बैठने लायक बना देता है।

सफलता की पहली शर्त है काम के प्रति जुनून। अपने काम के प्रति जुनून ही सफलता के अनेक रास्ते खोल देता है। यदि हमारे मन–हृदय में जुनून है तो सामान्य व्यक्ति भी बड़ी सफलता प्राप्त कर सकता है। बार–बार की सफलता आपके अंदर जुनून पैदा करती है। जब हममें जुनून पैदा होता है तो वह हमारी सारी क्षमताओं, योग्यताओं, संसाधनों को एकत्रित कर बड़ी शक्ति देता है। वही जुनून हमारी अन्तःप्रेरणा बन जाता है।

लक्ष्य व आदर्श ही हमारे लिए बड़ी प्रेरणाओं में बदल जाते हैं। कभी–कभी ज्ञान हममें अहंकार का भाव पैदा कर सकता है। इससे भविष्य की कई राहें बाधित होती हैं। निःस्वार्थ भाव से आदर्श लक्ष्य तय कर ज्ञान साधना होती है, तब वह श्रेष्ठ सफलता बनकर समाज, राष्ट्र, मानवता का भी कल्याण करती है। सफलता पाकर उसे बचा लेना भी बड़ी उपलब्धि है। यदि सम्मान से अभिमान पैदा नहीं हो तो हमारी विकास यात्रा की गति कई गुना बढ़ जाती है। यही वह सर्वश्रेष्ठ तरीका है जिससे कई बाधाओं को

लाँघा जा सकता है। इसीलिए अपनी ज्ञान साधना के पुष्प को ईश्वर को अर्पित कर देना उसका सार्थक उपाय है। यह हमारी लक्ष्य निष्ठा ही समस्त ऊर्जा को एक बिंदु पर केंद्रित कर एक बड़ी जीत में बदल देती है। हमारे आदर्श ऊँचे होने चाहिए। कभी हमारी विकास यात्रा में तुच्छता, संकीर्णता, स्वार्थता भी बाधा नहीं बनते हैं। इसी से हम अपनी लक्ष्य प्राप्ति में विभिन्न शक्ति अपव्यय–क्षय से बाहर निकल कर सही वक्त पर मंजिल पाकर, कई नए अवसर–चुनौतियों के जन्म से सफलता का जन्म होता है। यही हमारे महान लक्ष्य–दृढ़ संकल्प विकास की गति कई गुना बढ़ा देता है। यह लक्ष्य निष्ठा की साधना ही सफलता का मंत्र है। छोटी–छोटी सफलता का बड़ा प्रचार तात्कालिक लाभ दे सकता है, किंतु इससे हमें दीर्घकालिक बड़े लक्ष्य में बाधा बन जाते हैं।

यह पंक्तियाँ कितनी सार्थक लगती हैं–

कहते हैं महंतजन,
करके दिखलाते हैं।
कार्य सिद्धि से पहले,
कभी बात नहीं बनाते हैं।।

जब हमारी संपूर्ण – ऊर्जा – शक्ति शत–प्रतिशत किसी एक ही कार्य में लगती है, तभी सफलता रूपी फूल हमारी राह में मिलते हैं। हमारी लक्ष्य निष्ठा एवं दृढ़ संकल्प–प्रयास से ही सफलता का अमूल्य वरदान मिल पाता है। इसी एक सफलता से भविष्य के कई द्वार खुल जाते हैं, कई नए अवसर हमें मिलते हैं, जिसको उपयोग कर हमारी विकास यात्रा की गति बढ़ जाती है।

यही लक्ष्य ही हमारा जीवन होता है। इसी लक्ष्य–आदर्श से ही नित्य लोक व्यवहार का विकास होता है। लक्ष्य विहीनता से ही हम में भटकाव, बिखराव, आत्म बल–शक्ति का ह्रास होता है। यदि हमारा आदर्श–सहित लक्ष्य तय हो, तब हमारा तन, मन, धन सर्वस्व लक्ष्य पाने को शक्ति बन जाता है। हमारा लक्ष्य जीतना और सीखना हो, बार–बार सीख कर अंततः जीत हासिल करनी ही होगी। हमारी क्रियाशीलता–विश्वास शक्ति बढ़ती है जो हमारे विकास को गति प्रदान करते हैं। यदि संकल्प में दृ ढ़ता है, सतत् क्रियाशीलता है, हम साहसी–धैर्यवान बने रहें, तभी जीत का जश्न मना पाएँगे। लक्ष्य ही हमारी समग्र शक्ति को एकाग्र कर एक ही बिंदु पर विकास की सही दिशा में लगाता है। लक्ष्य निष्ठा ही सफलता का मंत्र है। प्रयासों की क्यारी में ही खिलते हैं सफलता के फूल। प्रयास से ही बनता है धूल का भी फूल। हमें चाहिए संघर्ष, विश्वास, साहस, धैर्य, अभ्यास की सतत्ता ही जीत की राह तय करती है। जो सुख–शांति–आनंद किसी कार्य को करने के प्रयास में है, उतना आनंद मंजिल को पाने पर भी नहीं है। बाधा जितनी बड़ी होती हैं, उसका प्रतिरोध उतना ही लक्ष्य के प्रति जुनून–शक्ति पैदा करती है। जिस सफलता को पाने में जितना संघर्ष, संकल्प, बड़ी विपदा होगी, किंतु फिर सतत् अभ्यास व प्रयास जारी रहेंगे, तब सफलता उतनी ही बड़ी व शानदार होगी। जैसे–जैसे धीरे–धीरे मंजिल की ओर बढ़ते हैं, उतना ही आनंददायक स्थायी प्रभाव होता है। किसी सफलता को पाने में किया गया त्याग, तपस्या, साधना उसे अधिक कीमती बना देते हैं।

सफल वही होता है जो कर्मवीर बन शांत, धैर्य, विश्वास के साथ लक्ष्य पाने के प्रयास में लगा रहता है। अब आपका लक्ष्य ही आपका सबल बन जाता है। हमारे

लक्ष्य में ही हमारे आन–बान–शान का भाव छुपा रहता है। हम लक्ष्य के मार्ग में आने वाली हर बाधा–विपदा को लाँघकर ही सफलता का शिखर छू सकते हैं। जिससे अपनी योग्यता–क्षमता पर विश्वास होता है, वे ही जीवन की आशाओं, आकांक्षाओं, सपनों को पूरा कर पाते हैं। उन पर हमारा अटल विश्वास ही सफलता की कुंजी है। चाहे हमारे जीवन यात्रा में कितना भी घना अंधकार हो, कोई न कोई आशा का दीप लाभ हमें मंजिल की ओर बढ़ा ही देगा। हमारी अंतःप्रेरणा व आत्म बल से ही जीवन में सफलता की राह बनती है। केवल तुम कर्म करते जाओ, चलते रहो, एक दिन मंजिल अवश्य ही मिल जायेगी।

आज अगर मंजिल हमारी आँखों के सामने हो, हम खुली आँखों से मंजिल पाने का सपना देखें, तब हमारे लक्ष्य की ओर बढ़ने की क्षमता कई गुना बढ़ जाएगी। हम में मंजिल पाने की तड़पन होनी चाहिए। हमारे कार्य करने में अंतर्मन–चेतना व जुनून होना आवश्यक है। दृढ़ इच्छा शक्ति व संकल्प शक्ति होगी, तभी वह हमारे लक्ष्य में मुख्य आधार बन सकेगी। इसके लिए हमें हर क्षण बड़े सपने देखना होगा, बड़ा सोचना होगा, कार्य को यथार्थ में परिणत कर ही हम अपना सर्वस्व शत–प्रतिशत अंतिम क्षण तक अर्पित करना ही होगा। जब हमारा मन एकाग्र होकर लगन, रुचि के साथ किसी कार्य को संपन्न करता है, तभी हमें सफलता के सूत्र हाथ लग सकते हैं। जितना सुख हमारे प्रयास में है, उतना ही सुख–आनंद उसे पा लेने में भी नहीं होता है। मंजिल की राह काँटों भरी हो, तब भी हमें इन काँटों को फूल समझना होगा। यह तभी होगा जब हम में कार्य के प्रति रुचि, लगन व कार्य करने का जुनून होगा। बड़ी विपदाएँ हमारी राह रोक नहीं सकती हैं। मंजिल पाकर भी हम जीत का जश्न मनाएँगे।

प्रत्येक मानव के अंतर्मन में शक्तियों का अथाह महासागर छुपा हुआ होता है। हमारा ज्ञान–अनुभव ही हमें विषमता–कठिनाइयों में भी राह दिखा देता है। इसी से हमें सही समय पर सही निर्णय लेने की प्रेरणा मिलती है। इसी योग्यता को हम अपनी मंजिल पाने का शस्त्र बनाएँ। अपनी अंतर्मन की चेतना शक्ति को जागृत करेंगे, तभी आगे बढ़ेंगे। कोई भी मंजिल कभी भी आधे–अधूरे मन से नहीं मिल सकती है। वह अपनी कीमत माँगती है, वह हमारा जुनून–निष्ठा चाहती है तभी प्रकृति व ईश्वर भी हमें आगे बढ़ाने में सहायक बन जाते हैं। एक चिंगारी भी आग का गोला बन सकती है। यही साधन से सिद्धि पाने का कठिन मार्ग है।

जीवन की हर अवस्था में अलग–अलग रूप–रंग विद्यमान होते हैं। जीवन उम्र–पड़ाव के साथ रूप–रंग बदलते रहते हैं। इनमें वक्त–प्रवाह के साथ फीके पड़ने लगते हैं। जीवन यात्रा में बेरंग–बेढंग रूप–रंग बढ़ने लगते हैं। इन फीके पड़े, बेरंग हुए रंगों को फिर से जीवन पड़ाव पर नहीं भरा गया तो जीवन यात्रा बेरस, बेरंग, बेढंग हो जाती है। उम्र–पड़ाव पर बदलाव कर इसमें नए रंग भरकर ही इस रंग–बिरंगी, उत्साही, प्रेरक स्वरूप दे सकते हैं।

अपने आदर्श लक्ष्य में अपना सर्वस्व समर्पित कर देना ही सफलता का मूल मंत्र है। कर्मठता, धैर्य, विश्वास, प्रयास से संघर्ष कर ही मंजिल मिलती है।

होके यों मायूस,
शाम से तुम ना
ढलते रहिए।।
जिंदगी है भोर,
सूरज से चमकते रहिए।

एक ही पाँव पर
ठहरोगे तो थम जाओंगे।
धीरे–धीरे ही सही
राह पर चलते रहिए।।

तोड़ो तुम संकुचितता के दायरे,
स्वीकारों व्यापकता की है सोच।
बनो नहीं कुआँ, सागर हो जग,
रहे यही विकास राह है सदा।

3. हम कर्मवीर बनें

संकल्पों से पर्वत टूटते हैं,
विश्वासों से तूफान बिखरते हैं,
प्रयासों से बाधाएँ हटती हैं,
कर्मवीर पाते मंजिल सदा।।

'ज्ञान श्रेष्ठ होकर भी कर्म के
बिना अंधा, लँगड़ा, मूक है।
जो ज्ञान कर्म से अभिव्यक्ति
पाएगा, तभी फलित हो सकेगा।।'

'यदि हम अपने कार्य में जी–मन–प्राण से लगे रहेंगे, उसे कर्म में अपना सर्वस्व तन, मन, धन करें, हम अपने कार्य में मनसा–वाचा–कर्मणा एक कर जुटे रहना है। तब ही कुछ ज्ञान–कर्मवीर लोग इस दुनिया को उल्ट सकते हैं।

हमारे आज के कार्यों पर ही हमारा भविष्य निर्भर करेगा। भविष्य में कर्म ही फलित होंगे।

लक्ष्य हो पावन,
जीवन हो सादा।
कर्म हो पावन,
ज्ञान का हो वादा।

'यदि हमने अपने कार्य में जी–मन–प्राण लगा दो, अपने कार्य को करने अपना शत–प्रतिशत देकर, उसमें तन, मन, धन, सर्वस्व अर्पित कर, अगर हमारा मनसा, वाचा, कर्मणा एक रखकर बड़ा से बड़ा लक्ष्य प्राप्त कर सकते हैं। इस दुनिया में मुट्ठी भर लोग ही सब कुछ बदल सकते हैं।

बिना कठोर परिश्रम किए जीवन में कोई भी सपना साकार नहीं किया जा सकता। ज्ञान भी तभी फलित होता जब उसे कर्म–पुरुषार्थ की शक्ति मिलती है। हम स्व–अनुशासित रहकर समय रूपी अनमोल संपदा को जो ईश्वर ने सबको समान से दी है, उसका सदुपयोग करना ही होगा। कठोर परिश्रम सही वक्त पर करना ही सफलता का मंत्र है।

स्वामी विवेकानंद युवाओं से आह्वान करते हुए कहते हैं–

'मेरे प्यारे वीर किशोर, तुम्हें यह विश्वास होना चाहिए कि तुम इस संसार में बड़े कार्य करने के लिए ही पैदा हुए हो। तुम्हें किसी भी चीज से डरना नहीं है, बस काम करते जाना है। हमारे आज के कार्यों पर ही निर्भर होगा कि हमारा भविष्य क्या होगा।'

एक समय एक कार्य,
सदा होए संपन्न।
उत्तम नियम यही है,
विद्वानों का सत्य कथन।।

यदि तुम्हें किसी कार्य में सफलता पाना है तो एकाग्र मन से पूर्ण शक्ति लगाकर एक ही कार्य संपन्न करो। अनेक

कार्यों के एक साथ करने से भी कार्यों की गुणात्मकता प्रभावित होती है। जो कार्य करो यदि उसमें त्याग, सादगी, निःस्वार्थ ता होने पर वह अधिक फलित होता है। हर कार्य का प्रतिफल समय आने पर ही मिलता है। समय से पूर्व हो सकता है कि पूर्ण सफलता न मिले। बाधा–विपदा के बाद भी धैर्यपूर्वक कार्य करते जाना है। कार्य सतत् मन लगाकर, लगन से कार्य करते रहो, प्रतिफल की चिंता भी ईश्वर पर छोड़ दो। यह स्थिति तुम्हें तनाव ग्रस्तता से मुक्त रखेगी। कठोर, सतत् श्रम ही सफलता का रहस्य है। यदि कोई भी कार्य सही समय पर किया तो वह ज्यादा प्रतिफल देगा। जैसे विद्यार्थी जीवन में ज्ञान प्राप्ति की साधना अधिक प्रतिफल देगी। इस समय किया श्रम अभ्यास से हम अच्छी श्रेणी में पास होकर अनेक अवसरों के द्वार खोल लेते हैं। सफलता का कोई संक्षिप्त रास्ता नहीं होता है। हर सफलता अपनी कीमत माँगती है। जितना बड़ा श्रम होगा, उतनी ही बड़ी हमारी सफलता होगी। हर सफलता अपनी लगन, प्रयास, धैर्य माँगती है।

जैसा कि कहा गया है–

रात जितनी काली होती है,
तारे उतने ही चमकते हैं।
मेहनत जितनी कड़ी होती है,
सफलता उतनी ही बड़ी होती है।

एक बड़ी, शानदार सफलता कई छोटी–छोटी सफलताओं का ही समग्र रूप होती है। यह सफलता नियोजन एवं समग्र व्यवस्थित कार्य प्रयासों का प्रतिफल ही है। जो

कार्य हमारी रुचि के अनुसार होने के साथ ज्यादा परिणाम दे, उसे ही हम चुनें, तभी जीवन विकास यात्रा में आनंद और सफलता का फल चख सकेंगें। हर सफलता की अपनी कीमत होती है, वह उसकी कीमत वक्त–प्रवाह, पुरुषार्थ के रूप में, त्याग–तप के रूप में चुकानी ही होती है। पसीने की बूँद से ही सफलता के मोती बनते हैं। प्रयासों की क्यारी में ही सफलता के फूल खिलते हैं। प्रयासों में संघर्ष, विषमता, विसंगतियों से बिना डरे जीतने का हौसला होना चाहिए। हम हार नहीं, हार को सीख मानें। कमियों को दूर कर एक बार फिर प्रयास करें। कर्मवीर लोग अपना भाग्य का निर्माण स्वयं करते हैं। विजयी होने का हौसला व जंग स्वयं ही लड़नी होगी। जीत की राह में कई साथी बनेंगे, साथ चलेंगे, कुछ हमें छोड़ देंगे, किंतु रुकेंगे नहीं। सतत् चलते ही रहना है।

कर्मवीर योद्धा अपने भाग्य का निर्माण स्वयं करते हैं। अपने पुरुषार्थ से ज्ञान में कर्म के पंख लगाकर हम अनंत आकाश में उड़ने का साहस कर पाते हैं। यह दुनिया का इतिहास उनकी संघर्ष कहानी जो जीत के लिए लड़ते रहे और जीतने वाले ही पहचाने जाते हैं, हारने वाले पीछे छूट जाकर भुला दिए जाते हैं। लोग भी उन्हीं के साथ चलते हैं, गुणगान करते हैं जो शिखर छूते हैं।

यदि मानव को अपने जीवन में लक्ष्य, आदर्श, खुशियां, आनंद चाहिए हो तो प्रेमपूर्वक कर्म कीजिए। एक कर्मवीर के लिए दिन, माह, वर्ष भी कार्य में लगे रहने पर भी भटकाव न हो तो समझें आपका जुनून सफलता का शिखर छू लेगा। अपने कर्म को ही अपनी साधना, आराधना, तपस्या समझें। आपका व्यक्तित्व ही वह कारक होता है जो आपके व्यक्तित्व, कृतित्व, अस्तित्व को बनाता है।

हमारा पुरुषार्थ ही हमारे सफलता का सबसे बड़ा शस्त्र होता है। यह श्रम ही ईश्वर रूप है, कोई भी काम छोटा–बड़ा नहीं होता है।

नहीं होता है काम बड़ा–छोटा,
सहभागिता – लक्ष्य हो क्षमतानुसार,
सर्वहित हो हर काम है बड़ा,
पाओंगे जीत सुख तुम ही सदा।

परहित–सर्वहित का कार्य निःस्वार्थ स्वरूप होने पर फलित होता है।

कठिन परिश्रम सफलता के लिए प्रथम अनिवार्यता है। इसी परिश्रम के पसीने से सींचा जाता है सफलता रूपी पौधे को और उसी से विवेक की शक्ति लेकर सही दिशा में मंजिल की ओर बिना शक्तिक्षय व अपव्यय के बढ़ा जा सकता है। यदि यही कठोर श्रम के साथ स्मार्ट वर्क जुड़ जाए तब सफलता का सौंदर्य और अधिक बढ़ जाता है। कम समय व शक्ति में बड़ी सफलता पाई जा सकती है। पसीने से कमाया धन कंचन बन जाता है, जो अनमोल हो जाता है। श्रम–पसीने से कमाई गई रोटी भी अमृत प्रसाद स्वरूप हो जाती है। श्रम की शक्ति को पहचानें, श्रम–पसीने की बूँद को मोती बनने देना है। अपने कार्य में रुचि, लगन, जुनून पैदा कीजिए। जो कुछ भी करें, उसी में स्वयं को अर्पित कर देना होगा। एक ही दिशा में कार्य करते हुए निपुणता–कुशलता प्राप्त कर सतत् सफलताओं की कई इमारतें खड़ी कर पाएँगे। हमारी आँखों के सपने इसी जीवन में साकार होते दिखाई देंगे। जो भी आप चाहते हैं, वह सब कुछ मिलेगा।

कर्मवीर होकर अपनी श्रम शक्ति–पुरुषार्थ से भाग्य–अवसरों को भी बदला जा सकता है। श्रम से ही हम सफलता रूपी आभूषण से विभूषित हो सकते हैं।

मानव का जन्म ही स्वाभाविक रूप से श्रम करने के लिए हुआ है। कर्म करना ही उसका स्वाभाविक, प्राकृतिक कर्त्तव्य है। यदि इस जगत में कर्म युद्ध नहीं लड़ोगे, तब स्वयं की शक्ति में जंग लग जाएगा। सुख, समृद्धि, आनंद हमें श्रम के ही पसीने से मिलता है। इस श्रम–आराधना ने दुनिया का अधिक भला किया है। जीवन में अधिक आराम, आलस्य, अकर्मण्यता, प्रमाद से हमारी बुद्धि, तन, मन में भी जंग लग जाती है। लक्ष्य पाने की आग ठंडी पड़ने लगती है। इसी से जीवन में सक्रियता के साथ हमें संघर्ष, प्रयास, धैर्य, साहस, विश्वास की जंग लड़ना भी होगा। जब हम कर्मयोगी बनकर सतत् लक्ष्य की ओर आगे बढ़ सकते हैं, तभी हर दिन एक सीढ़ी चढ़ क्रमशः धीरे–धीरे विकास के नए अवसर पैदा कर लेते हैं। उन लक्ष्यों को छू लेना ही हमारी विकास यात्रा में वह मील के पत्थर साबित होते हैं। हमारा संकल्प बाधाओं–विपदाओं को लाँघकर विजय की नई लहर, राह बनाएगा। जब कर्म करते हैं तभी हमें कार्य सिद्धि प्राप्त होती है। यह कर्म के द्वार खोलने की चाबी है। कर्म व ज्ञान की शक्ति से अवसरों का जन्म होता है। इसी से हम अनंत आकाश में अनंत विजय उड़ान भर सकते हैं। यदि हमें सफलता का शिखर छूना है तब आत्मबल के साथ एक नायक के रूप में बढ़ना ही होगा। यही वह कर्मवीर होता है जो महावीर दूत के रूप में पहचाने जाने लगता है। यदि कर्मवीर बनकर हम में हौंसला, फैसला, इरादा, मंजिल होती है, तभी सफलता के राह पर तेजी से आगे बढ़ सकते हैं।

कवि की यह पंक्तियाँ कितनी सटीक लगती हैं–

हौंसले के आगे दीवार नहीं,
फैसलों के आगे तकरार नहीं।
इरादों के आगे बाधा नहीं,
मंजिल है तो कभी हार नहीं।

जब हमारे मन में बड़े सपने होते हैं, वही हमारी कर्मवीरों में हृदय में आग सुलगती रहती है, कभी ठंडी नहीं होती है। उसमें लक्ष्य पाने का जुनून बनकर, जंग लड़ने का ब्रह्मास्त्र बन जाती है। यह लोग मानव जाति के चंद लोग होते हैं जो परिस्थितियों को भी अपने पक्ष में कर लेते हैं। इनका संघर्ष, धैर्य, साहस, विश्वास, प्रयास ही इन्हें विजय दिलाता हैं। यह लोग चक्रव्यूह को तोड़कर, विषमता, विसंगति, अभावों को हराकर शिखर छू लेते हैं।

इनकी सोच बड़ी होती है। बदलाव के साथ स्वयं को बदलकर भविष्य के नए सपनें बुनकर, उन्हें भी साहस–आत्म बल से साकार रूप दे देते हैं। कभी विश्वास नहीं खोते, अंतिम क्षण तक हार नहीं मानते हैं। जीतने का जज्बा इनमें कूट–कूट कर भरा होता है। समय सीमा में वक्त की कसौटी पर खरे उतरते हैं। प्रेरणा बन हमें कर्मवीर बना, महान मंजिल बना आगे बढ़ते हैं, हौंसला देते हैं। जो भी हमारा लक्ष्य–संकल्प, उसके लिए सतत् कठिन प्रयास की जरूरत होती है। यह कर्मनिष्ठा और लक्ष्यनिष्ठा ही निखारकर हमें अनमोल बना देती है। किसी कार्य योजना को स्वयं बनाओ, अपना लक्ष्य–आदर्श तय करो। आवश्यक संसाधन जुटाओ। उन्हें संगठन स्वरूप प्रदान कर एक नायक की तरह स्वयं अपना कुशल सफल नेतृत्व करो।

जो संघर्षों में मथते हैं,
आग की भट्टी में तपते हैं।
जो चोटों को सहकर
तराशे–निखर जाते हैं।।
वह ही दुनिया में अनमोल
प्रेरक बन जाते हैं।।

हमें अपने महान लक्ष्य की ओर सीढ़ी–दर–सीढ़ी आगे बढ़ना होगा। चाहे मंजिल कितनी भी दूर हो, हमारे प्रयास–विश्वास से ही सफलता मिलेगी। हमारी यह पुरुषार्थ–कर्मठता की यात्रा सदा ही हमें सफलता के शिखर पर पहुँचा सकती है।

मंजिल के शिखर पर हमारे सपनों की एक मनमोहक अद्‌भुत दुनिया बसी हुई है। वह दिव्य लोक दिव्यता का आनंद हमें दे सकता है। इस दिव्य लोक–आभावन दुनिया में प्रवेश के लिए ज्ञान, कर्म, भक्ति की पावन त्रिवेणी चाहिए। अपने आप पर, अपने परिश्रम पर, अपने ईश्वर पर विश्वास रखो। सफलता तुम्हारे कदमों में होगी। किंतु तुम्हारी सफलता पाने के प्रयास सर्वस्व अर्पित करने वाले होना चाहिए, इससे हमें अपनी शक्ति–ऊर्जा के अपव्यय एवं क्षय को बचाना होगा।

कर्मवीर अपने भाग्य का निर्माण स्वयं ही करते हैं। यह दुनिया का इतिहास हार–जीत का रहा है, किंतु हार कर फिर जुनून–संकल्प के साथ जंग के लिए खड़ा हो जाता है। यही सच्चे वीर योद्धा की पहचान है। ऐसा कर्म योद्धा जीवन यात्रा का विजय शिखर जरूर पा लेता है।

हमें उन सब सुविधाओं और आकर्षणों को भी जहर समझ कर त्याग देना होगा जो हमारे लक्ष्य प्राप्ति मार्ग में बाधक हो। जब हम अंतर्मन भावों, पावन संकल्प, निःस्वार्थ ता से किसी कार्य में लगे होते है, तब प्रकृति व ईश्वर हमारी मदद करते हैं। यदि हम ज्ञानवीर–कर्मवीर बनकर इस जगत की जंग लड़ेंगे, तब विकास यात्रा में सहयात्री बनने के लिए श्रेष्ठ लोगों को जोड़ेंगे। जैसे – कार्ल मार्क्स की लेखन यात्रा में उद्योगपति एंजिलेंस की सहभागिता इतिहास बन अमर हो गई। यह 'दास कैपिटल' विश्व विख्यात पुस्तक अस्तित्व में आ सकी।

स्वामी विवेकानंद मानते रहे–सिंह बनो। सिंह की तरह निर्भीक जीवन जियो। साहसी बनो, शक्तिशाली रहो, तुम स्वाभिमानी बनाकर धैर्य के साथ अपनी राह स्वयं बनो। हमें हताश–निराश नहीं होना है कर्मवीर नायक की तरह व्यवहार करते हुए आगे बढ़ें। हार मत मानो। सफलता पाने के लिए मेहनत के साथ कठिन परिस्थिति में भी आत्म नियंत्रण जरूरी होता है। किसी भय व डर के कारण नियंत्रण प्रभावित होता है। हमें सतत् आगे बढ़ना ही होगा, समय के साथ।

आँखों में हो सपने,
हृदय में हो आग।
पैरों में हो गति
हाथों में होगी शक्ति
तभी होती है प्रगति।।
डरो नहीं तुम संकटों से
करो सामना आत्मबल से।

बल ही है वह रोग की दवा
यही सफलता का मंत्र है सदा।

कर्मवीर बनो तुम
ज्ञानवान रहो सदा।
ज्ञान–कर्म पंख बल से
लगाकर आस्था बल से
अनंत आकाश में उड़ो सदा।।

4. ज्ञानवान वनो

मन हो उच्च विचार
ज्ञान हो संस्कारित।
कर्म हो निःस्वार्थ भाव
तब व्यक्ति होता है महान।।

'शिक्षा वह है जो हमारे चरित्र का निर्माण करे, मन का बल बढ़ाए, बुद्धि विकास करे एवं हमें आत्मनिर्भर बनकर अपने पैरों पर खड़ा होना सिखाए।' – स्वामी विवेकानंद।

'अज्ञान से मुक्ति ही ज्ञान है।'
'ज्ञान दुनिया की सर्वश्रेष्ठ प्राप्ति है।'
कवि की ये पंक्तियाँ कितनी सटीक हैं–

पसीने से लिखो पन्ने
कभी कोरे नहीं रहते।
मेहनत से कोई सपने
अधूरे नहीं रहते हैं।

ज्ञान है लक्ष्य जीवन का
ज्ञान है पुरस्कार ज्ञान का।
ज्ञान है पावन जग में
ज्ञान है शास्त्र जंग का।।

'यदि हमारे पास ज्ञान की शक्ति नहीं है, तब दुनिया की कोई भी दौलत, शक्ति सब मिलकर भी हमें आगे नहीं बढ़ा सकती हैं।'

अज्ञान से मुक्त होकर ही मानव के अंतर्मन का ज्ञान प्रकाशमान होना ही ज्ञान है। कोई भी ज्ञान बाहर से नहीं आता है। सारा ज्ञान हमारे अंतर्मन में ही निहित होता है।

इस दुनिया में जितने भी प्राप्तियाँ हैं, उनमें ज्ञान सर्वश्रेष्ठ प्राप्ति है। हमारे जीवन का परचम अपने चरम लक्ष्य को ज्ञान से ही पाना संभव है। यह ज्ञान ही है जो किसी भी व्यक्ति को विद्वानों के बीच बैठने लायक बना देता है। यह ज्ञान एक पारस पत्थर की तरह है, इससे लोहे को भी सोना बनाया जा सकता है। ज्ञान को प्रशिक्षण–अभ्यास से और अधिक उपयोगी बनाया जा सकता है।

यह ज्ञान ही होता है जिससे हमारी योग्यता, क्षमता, कुशलता प्रदान कर किसी भी कार्य को करने की विशेषज्ञता–प्रतिभा को निखार कर अधिक चमका सकता है। यह ज्ञान ही मानव जीवन में भगवान का स्वरूप होता है। ज्ञान–प्रतिभा मानव को ईश्वर का वरदान है।

यह ज्ञान दुनिया में सर्वश्रेष्ठ पावन होने के साथ एक अद्भुत शक्ति है, जिसका इस दुनिया के महा–महासागर में विजय शस्त्र के रूप में उपयोग किया जा सकता है। इसी से बड़ी से बड़ी जीत हासिल की जा सकती है। यह ज्ञान ही है जो एक ही जीवन में कई जीवन की उपलब्धियाँ पाई जा सकती हैं। आपकी सच्ची ज्ञान साधना से जो सीखा है, उससे सारा जीवन आनंद–सुख में व्यतीत हो सकता है। जैसे–जैसे आपने कोई हुनर सीखा या प्रशिक्षण प्राप्त कर विशेषज्ञता हासिल की, उसे जीवन भर उपयोग किया जा सकता है। जो ज्ञान की

साधना कर उसे कर्म–पुरुषार्थ में बदल लेते हैं, वे ही कर्म–ज्ञान पंख से मंजिल का शिखर छू लेते हैं।

यह ज्ञान ही है जो सबसे शक्तिशाली होकर ज्ञानाग्नि में समस्त प्रकार की बुराइयों को भस्म कर देता है। इसी ज्ञान को तुम अपने जीवन का लक्ष्य बनाओ। ज्ञान की साधना को ही पूजा मानों, ज्ञान की ही आराधना करो, यह ज्ञान तुम्हें युक्ति व मुक्ति की राह दिखाएगा। उसी के प्रकाश में आप समाज, राष्ट्र, मानवता को ज्ञान बताकर नई दिशा में प्रेरित कर सकेंगे। यही ज्ञान ही है जो हमें झोपड़ी से महल तक पहुँचा देता है। यही हमें विद्वानों की श्रेणी में खड़ा कर सकता है। ज्ञान शक्ति जग की जंग का शस्त्र बन हमें विजयश्री दिलवाता है। यह ज्ञान ही है जिसे दुनिया की बड़ी से बड़ी समस्याओं के हल खोजे जा सकते हैं।

यह शिक्षा ही होती है जो व्यक्तित्व निर्माण, चरित्र निर्माण, व्यक्ति निर्माण का आधार बनती है। जब एक सकारात्मक सर्वांगीण व्यक्तित्व विकास वाले व्यक्ति का निर्माण होता है। यही लोग एक सभ्य, विकसित, श्रेष्ठ व्यवस्था के निर्माण में अपनी नेतृत्व–प्रबंधन क्षमता से विकास का सहभागी बन जाता है। ऐसे ही आत्मविश्वासी, साहसी, धैर्यवान, लक्ष्यवान, प्रयासवान लोग ही राष्ट्र–समाज निर्माण के नायक बनते हैं। शिक्षा से ही एक संस्कारित, सभ्य व्यक्ति, समाज, राष्ट्र, संस्कृति का वाहक बन उसे सही दिशा में मजबूती प्रदान करता है। उसी से एक शक्तिशाली, विकसित, समृद्ध राष्ट्र का निर्माण होता है। यह मानवता व दुनिया के लिए प्रेरक बनता है।

स्वामी विवेकानंद के अनुसार– 'शिक्षा ऐसी हो जिससे चरित्र का गठन हो, मन का बल बढ़े, बुद्धि का विकास हो एवं व्यक्ति आत्मनिर्भर बन अपने पैरों पर खड़ा हो सके।'

पैराडाइज लौस्ट में लिखा है– 'मस्तिष्क का अपना स्थान निश्चित होता है। वही है जो स्वर्ग को नर्क और नर्क को भी स्वर्ग बना सकता है।'

आपके विचार ही वह बीज हैं जो आपके व्यक्तित्व–चरित्र को ढालते हैं। यदि इन विचारों में उच्चता, कर्म में लगन, लक्ष्य में निष्ठा–आस्था होगी, तभी यह जीवन किताबों के द्वार से हम स्वर्णिम दिव्य दुनिया में प्रवेश कर सकेंगे।

यही शिक्षा ही है जिससे व्यक्तित्व का निर्माण होकर उसे स्वाधीन, स्वावलंबी, स्वाभिमानी बना सके। इसी से राष्ट्र–समाज का बहुमुखी विकास हो सके।

हम इस शिक्षा रूपी शस्त्र द्वारा ही अज्ञान के अंधकार को दूर कर ज्ञान के आलोक को फैला सकते हैं। हमारा शिक्षा–ज्ञान ही अंतर्मन की चेतना जागृत कर ज्ञान का प्रकाश जग में चारों ओर फैला सकता है। यह ज्ञान चेतना का दीप भी कई पीढ़ियों के गहन अंधकार को भी ज्ञान तीली जलाकर क्षण भर में दूर किया जा सकता है। यही ज्ञान है जो हमें शक्ति व आत्मविश्वास दोनों एक साथ देता है। इसी से सभी प्रकार की सफलता पाई जा सकती हैं, नए अवसरों के द्वार खोले जा सकते हैं।

यदि मन में एकाग्रता के साथ रुचि–लगन हो तो अभ्यास द्वारा ही ज्ञान प्राप्ति का वरदान पाया जा सकता है। यही ज्ञान महान बनने का मूल मंत्र है। यह ज्ञान की शक्ति जीवन भर हमारी रक्षा करने के साथ मार्गदर्शन भी करती है। ज्ञान से पाई कुशलता, निपुणता, योग्यता, विशेषज्ञता हमारे लिए हुनर बनकर जीविकार्जन का आधार बन जाती है।

स्वामी विवेकानंद के अनुसार– 'इस दुनिया में ज्ञानवान लोगों की संख्या कम ही होगी किंतु अंततः समाज–राष्ट्र की बागडोर इन्हीं के हाथों में होगी।'

यह ज्ञानवान लोग ही समाज–राष्ट्र–मानवता की अनमोल संपदा होते हैं। हमें अपनी शिक्षा में संस्कारों को भी शामिल करना होगा। यह संस्कारी शिक्षा ही विकास यात्रा में सुचिता कायम रखने में अहम भूमिका निभाती है। इसी प्रकार हमारी शिक्षा से ही निर्भीकता, व्यापकता के साथ वैज्ञानिक सोच का मूल आधार मिलता है। यही हमारी अंतर–निहित शक्तियों एवं योग्यता को प्रदर्शित करती हैं। इसी ज्ञान द्वारा ही अज्ञान से मुक्ति पाई जा सकती हैं। जो कुछ भी हमारे पास श्रेष्ठ है, उसे दूसरों को भी सीखने और कुछ श्रेष्ठ अच्छा लगे, उसे हम सीखें। अपने मस्तिष्क के खिड़की–दरवाजे खुले रखो, यह नवीन विचारों की ताजी हवा सदैव आती रहे। सीखने–सिखाने की कोई सीमा नहीं होती।

डॉ. भीमराव अंबेडकर ने जिस प्रकार से ज्ञान साधना के जुनून से विषम, विसंगति व कठिन परिस्थिति में ज्ञान प्राप्ति के लिए कठोर परिश्रम कर, वे संघर्षों के सैलाबों के बीच भी आपने शिक्षा के उच्च स्तर को उत्कृष्ट 'डॉक्टरेट' तक की उपाधि विदेश से पूर्ण की। यह उनकी ज्ञान पिपासा, आस्था, प्रयास का श्रेष्ठतम उदाहरण है। वे शिक्षा को ही व्यक्तित्व विकास का मूल मानते थे। राष्ट्र–समाज के सभ्य संस्कृत रूप का विकास शिक्षा से ही संभव है। उनका मानना था कि– 'बच्चों को शिक्षित करो, चाहे आधा पेट भोजन करो, पुराने कपड़े पहनो, कम सुविधाओं में रहो, किंतु हमें इस आने वाली पीढ़ी को ज्ञान रूपी दूध (शेरनी का दूध) अमृतपान करवाना होगा।' तभी मानव में साहस, शक्ति, जुनून, स्वाभिमान का भाव पैदा होगा। ज्ञान को ही जीवन संग्राम में शस्त्र बनाकर विजयी होना होगा।

उम्र नहीं होती हैं। हमें जब तक जीना है, तब तक सीखना होगा। इस ज्ञान को सीखने की कोई उम्र, समय, स्थान नहीं होता है। इसे हम चाहे वन हो, झोपड़ी हो, खेत–चौपाल हो, ज्ञान को पाया जा सकता है। यदि आपके पास अधिक साधन–सुविधा नहीं है, तब भी वे आपके मकसद में बाधा नहीं बन सकते हैं। जैसा कि हम देखते हैं कि सामान्य परिवारों के, सामान्य स्कूलों में पड़े, सामान्य माहौल के बीच रहकर बड़ी सफलता प्राप्त कर लेते हैं, जबकि साधन–सुविधाओं वाले लोग नहीं कर पाते हैं। इसका मूल कारण हमारी मानसिक चेतना और लक्ष्य–जुनून उसकी सफलता का कारक बन जाता है। इसी प्रकार कई कलाकार अपनी मानसिक चेतना में जुनून से वह कर पाते जो सामान्यतः संभव नहीं लगता है। यह ज्ञान ही है जो हमें और अज्ञान से मुक्ति देकर नई दिशा दे देता है। हमारी ज्ञान–शक्ति की एकाग्रता, लगन, अभ्यास से सफलता का शिखर छू लेते हैं। इसी से हमें सम्मान, पहचान, प्रतिष्ठा, धन कमानें की क्षमता मिल जाती है। यही हमारी अनमोल संपदा बन जाती है।

ज्ञान प्राप्ति में गुरु–मार्गदर्शन की विशेष भूमिका होती है। वही हमें निखारता है। जो भी कठिनाइयाँ, विषमता, संघर्ष, बाधा में भी दिशा दिखाता है। वही होता है जो हमें ज्ञान प्राप्ति के प्रति चिंगारी बन जुनून पैदा कर सकता है। यही स्थिति हमें हर सम–विषमता से बाहर निकालने में आत्मविश्वासी व कुशल बनाती है।

स्वामी विवेकानंद शिक्षा में चरित्र–संस्कारों को विशेष मानते हैं। हम अपने समाज–राष्ट्र के प्रत्येक वर्ग को, समूह को ज्ञान रूपी शस्त्र धारण करवाना होगा। वे स्वयं ही इस ज्ञान–शास्त्र से अपनी समस्याओं से लड़कर उनके हल खोजने में सफल हो जायेंगे। ये ही शिक्षित ज्ञानवान लोग ही राष्ट्र–समाज की एकता, सुरक्षा, विकास में अपनी

बेहतर भूमिका निभा सकते हैं। यही ज्ञान मानव मात्र के लिए अमृत तुल्य है। इस शिक्षा–प्रशिक्षण से घरेलू प्राणी, घोड़ा, कुत्ता, तोता, मुर्गा, खरगोश भी सीख सकते हैं। ये सीख कर मानव प्रेम–स्नेह के पात्र बन जाते हैं। सीखना ही जीवन है।

ज्ञान की तपस्या–साधना–आराधना किसी बड़े वरदान से कम नहीं है। इस ज्ञान से एक ही जीवन में कई जीवन के बदलाव संभव हैं। यही ज्ञान संपदा वह पारस पत्थर है जो लोहे को भी सोना बना सकती है। जिस परिवार में ज्ञान का प्रवेश हो जाता है, वहाँ ज्ञान की आभा दिखने लगती है। उसी से लक्ष्मी का आगमन होकर धीरे–धीरे यह ज्ञान–आलोक उस परिवार की सुख, शांति, आनंद का कारक बन जाता है। इसी कारण से अभाव–कमियाँ रहने वाले लोगों में भी विद्वान, ज्ञानवान, आभावान, धनवान, सत्तावान, शक्तिमान लोगों का प्रकटीकरण होने लगता है। यह ज्ञान ही होता है जो हमें कठिन–विषम स्थिति में सही व गलत का निर्णय करने में मदद करता है। जिससे विषमता के तूफान में भी हम सुरक्षित निकल आने में सफल हो जाते हैं। जिस प्रकार से वन में वृक्ष की कटाई–छँटाई–सफाई कर, घने वन को भी उपवन बनाया जा सकता है, वैसे ही शिक्षा के द्वारा बेढंगे, अस्त–व्यस्त को भी बहुरंग व्यवस्थित रूप देकर सुंदर, आकर्षक, प्रभावी व्यक्ति बनाया जा सकता है। एक बेढंगे, टेढ़े–मेढ़े पत्थर को भी तराश कर एक कुशल कारीगर सुंदर मूर्ति में बदल सकता है।

यही ज्ञान ही है जो ज्ञान का भी सर्वश्रेष्ठ पुरस्कार होकर एक अनमोल संपदा होता है।

ज्ञान महानता से महान है
ज्ञान के नहीं कोई समान है।
ज्ञान ही आज का भगवान है
ज्ञान ही मन हमारा अभिमान है।।

ज्ञान को उपयोगी बनाकर व्यक्ति के व्यक्तित्व को तराश–निखार, समाज–राष्ट्र उपयोगी बनाया जा सकता है। उसे ही योग, ध्यान, व्यायाम से अधिक स्वस्थ, सशक्त, प्रभावी व्यक्तित्व बनाया जा सकता है। मानव की शक्ति–ऊर्जा को सही दिशा देकर, विकास की धारा से जोड़कर, मंजिल का शिखर छू सकते हैं। जब इस ज्ञान–शक्ति का उपयोग सर्वहित में होगा, तभी उपलब्धि अनमोल हो जाती है। जब ज्ञान की अभिव्यक्ति मिलती है तो वह अधिक उपयोगी बन जाता है। हम अपने अंतर्मन की शक्ति को यथार्थ स्वरूप देकर लाभकारी बनाया जा सकता है। इस अंतर्मन की शक्ति में कई अवगुण भी नष्ट हो जाते हैं। मानव गुणों से युक्त होकर अवगुण से मुक्त हो जाता है। एक संत पुरुष, देवत्व प्राप्त मानव ही इस मानवता का अधिक भला कर सकता है। हमें प्रत्येक मानव में ज्ञान शक्ति व देवत्व गुण भरने होंगे। जब अंतर्मन में उत्पन्न होने वाली विकृतियों को रोक, अच्छे सद्विचार भरने की जरूरत है। यह शिक्षा ही वह माध्यम है जिसमें समय–सशक्त–विकसित राष्ट्र की नींव रखी जा सकती है। ज्ञान में कर्म का संबंध होने पर ही ज्ञानी पुरुषार्थ बनकर ही ऊँची उड़ान भरकर मंजिल का शिखर छू सकते हैं।

गुरु ज्ञान शक्ति पाने का मूल स्त्रोत केंद्र होता है। यह ज्ञान सर्वश्रेष्ठ प्राप्ति है जो जीवन भर की हमारी

दिशा तय कर देता है। यह ज्ञान संपदा है। यदि सीखने की लालसा हो, तब एक योग्य गुरु मन की एकाग्रता, लगन, सतत् अभ्यास से उच्च योग्यता–विशेषज्ञता में बदलकर जीत का शिखर छू सकते हैं। यही ज्ञान हमारी सभी सफलताओं का मूल कारण बन जाता है। यदी ज्ञान ही शक्ति है।

ज्ञानवान लोग ही अपनी ज्ञानशक्ति से मानव जाति पर शासन करते रहे है। ज्ञान शास्त्र जंग में ब्रह्मास्त्र बन जाता है। साहस–विश्वास–प्रयास से ही क्यारियों में सफलता के फूल खिलते हैं। ज्ञानवान लोग जीत का जश्न मना सकते हैं।

सूरज न बन सको,
कोई बात नहीं।
मगर दीप बना कर,
आलोक तो फैलाओ।

ज्ञान पाने की हो लगन,
मन की हो एकाग्रता।
सतत् हो अभ्यास हमारा,
ज्ञान भंडार भरे तब सदा।

ज्ञान ही जीवन में उच्च आदर्श लक्ष्य पाने का सबसे बड़ा शस्त्र होता है। ज्ञान ही ज्ञान का सर्वश्रेष्ठ पुरस्कार होता है। ज्ञान ही जीवन का चरम लक्ष्य है।

5. ईश्वर–गुरु में आस्था।

ज्ञान का पथ है दिखाया,
मन में विश्वास जगाया।
पारखी गुरु ने पहचान,
तराश अनमोल है बनाया।

बिन गुरु मिले ना है ज्ञान
बिन ज्ञान मिले नहीं संस्कार।
बिन संस्कार मिल नहीं संस्कृति
बिन संस्कृति होती नहीं प्रगति।।

'गुरु जीवन रूपी जहाज को तूफानों के बीच भी मंजिल की राह दिखाकर लक्ष्य तक पहुँने वाला पारखी होता है।'

आस्था होती है जीवन–श्रृंगार
आस्था होती है जीवन भक्ति।
विश्वास होता है जीवन शक्ति।
आत्मबल सदा होता है महान।।
'हमारी आत्मा ही सच्ची गुरु है।'

गुरु होता है सूर्य समान
भगाए वह अज्ञान अंधकार।
शिष्य है ज्ञान पिपासु अगर
ज्ञान सागर भर जाए सदा।।

गुरु ही जीवन रूपी जहाज को तूफानों के बीच भी मंजिल तक पहुँचने वाला सच्चा मार्गदर्शक होता है। गुरु ही हमारे जीवन में श्रेष्ठता, उच्चता, पावनता प्रदान करने वाला निर्देशक होता है। गुरु मानव जीवन के विभिन्न कालखंडों में व्यक्तित्व को पहचान कर सुंदर रंग, सामंजस्य के साथ भरता है। वक्त के प्रवाह के साथ जीवन यात्रा के दौरान कुछ रंग फीके पड़ने लगते हैं, उन्हें भी वह पुनः भरकर जीवन को रंग बिरंगा बना देता है। वह यह जानता है किस व्यक्तित्व में कौन सा रंग उभरेगा। वह एक पारखी रूप में सब कुछ जानता है। वही होता है जो एक सामान्य व्यक्ति को भी असामान्य बना देता है। वही व्यक्तित्व को काट–छाँट–तराश कर निखारता है तथा राष्ट्र–समाज को एक बहुमूल्य संपदा का अनमोल, सभ्य व्यक्तित्व का उपहार देता है। गुरु इस भौतिक जगत की अपार धूप में भी अध्यात्म ज्ञान का अमृत पान करवा कर उसके आनंद रस से वाकिफ करवा देता है।

हमारा व्यक्तित्व देवत्व–दिव्य आभा की अभिव्यक्ति होता है। स्वामी विवेकानंद युवाओं से आह्वान करते हुए कहते हैं–

'मेरे वीर किशोरों तुम आगे बढ़ो। अपने गुरु व ईश्वर के प्रति अटूट आस्था रखो। तुम्हें स्वतः ही जीवन की आदर्श राह दिखाई देने लगेगी।' हमारी अंतर–निहित

शक्तियों को बाहर लाना होगा एवं अपनी आत्मशक्ति को बढ़ाने में गुरु अहम भूमिका निभाता है। यह गुरु ही है जो हमारी स्वयं से पहचान करवाकर ईश्वर के अधिक निकट ले जाता है–जैसे गुरु रामकृष्ण परमहंस ने अपने प्रिय एवं योग्य शिष्य नरेंद्र के जीवन को नई राह–दिशा दी। उन्हीं गुरु की बताई राह पर चलकर उनके विचारों का प्रचार–प्रसार करने में पूरा जीवन समर्पित कर दिया था। इसी कार्य–समर्पण ने ही उन्हें वैचारिक विश्व–विजेता गुरु बना दिया था। जो हममें ईश्वर–गुरु के प्रति आस्था ही शक्तिशाली बनाती है। यही ईश्वरीय–शक्ति होती है, जो हमसे स्वतः उत्कृष्ट कार्य करवा लेती है। जिनके पास उच्च अध्यात्म–शक्तियाँ अथवा ज्ञान–कर्म की शक्तियाँ नहीं हैं, उन्होंने ही अपने शिष्यों में श्रेष्ठ के भाव भरें हैं।

स्वामी विवेकानंद ने अपने गुरु के बारे में कहा था–

'मेरे हृदय के तार उनसे सबसे अधिक जुड़े हुए हैं जिस कोमल–तार का स्पर्श हुआ है। वे हैं मेरे गुरुदेव, मेरे आचार्य, मेरे जीवन–आदर्श, मेरे प्राणों के देवता गुरु रामकृष्ण देव का उल्लेख किया है। यदि मन–वचन–कर्म से मैंने जो भी सत्कर्म किए हों, यदि मेरे मुख से जो कोई भी बात निकली हो, जो संसार का किसी भी व्यक्ति का उपकार करती हैं, तो उसे मेरा कोई गौरव नहीं है, यह सब कुछ उनका ही है। इसमें जो भी बलप्रद, जीवनप्रद, पवित्र है, वह सब कुछ उन्हीं की शक्ति का खेल है। वह उन्हीं की वाणी है, वे स्वयं ही उसमें हैं। मैंने अपने जीवन में आँखों से देखा है। उनकी छाया में मैं रह चुका हूँ। उन्हीं के चरणों में बैठकर मैंने सीखा है। उन रामकृष्ण परमहंस का जीवन कैसा उज्ज्वल व महिमान्वित रहा है, वैसा मेरे विचार में किसी भी महापुरुष में नहीं रहा है।

कबीरदास गुरु के बारे में कहते हैं–

गुरु नारायण रूप है
गुरु ज्ञान को घाट।
सतगुरु वचन प्रताप सो
मन के मिटे उचाट।।

गुरु कीजै जानिके।
पानी पीजे छानिके।
बिना विचारे गुरु करे
परे चौरासी खानि।।

वही रामकृष्ण देव ही मेरी आदर्श–प्रेरणा हैं। मेरा सब कुछ उन्हीं का है और सदा रहेगा। इस तरह से अपने गुरु के प्रति आस्था–श्रद्धा–भाव ही बना रहेगा। उन्हीं के आदर्शों के प्रचार–प्रसार में अपना संपूर्ण जीवन समर्पित कर दिया। यह दुनिया में गुरु–शिष्य–परंपरा का एक आदर्श उदाहरण है, जो युगों तक इस गुरु–शिष्य–परंपरा की प्रेरणा का कारक बना रहेगा। यह एक प्रकार से बुद्धि और श्रद्धा का मिलन था। यहाँ स्वामी विवेकानंद विवेक के स्वामी रहे हैं। विवेक का आनंद भी अद्‌भुत होता है, यह हम उनसे सीखें। गुरु भी अध्यात्म–शक्ति–चेतना पूंज रहे हैं। इस गुरु–शिष्य मिलन ने कर्म–ज्ञान–भक्ति की त्रिधारा को नई दिशा प्रदान की।

स्वामी विवेकानंद कहते हैं– 'मेरे गुरुवर ने कर्तव्य का बोझ मेरे कंधों पर छोड़ा है। उसे पूर्ण करने का भरसक प्रयत्न किया है, इससे मैं पूर्णतया संतुष्ट हूँ, चाहे मेरे

प्रयास से सम्यक कार्य रूप में परिणत हुआ हो या नहीं। जो भी मैंने प्रयास किया, इससे मैं संतुष्ट हूँ।'

स्वामी विवेकानंद कभी भी किसी बात को तब तक स्वीकारते नहीं थे, जब तक उसे अपनी कसौटी पर जाँच–परख नहीं लेते थे। ईश्वर व गुरु के प्रति उनकी आस्था पावन गंगा की तरह ही प्रवाहित रही। गुरु व ईश्वर का जीवन में होना ही हमें कई दिव्य–गुणों से युक्त एवं कई अवगुणों से मुक्त कर देता है। गुरु–ईश्वर का जीवन में विश्वास–आस्था होना सौभाग्य की बात है। इस दुनिया में अल्प समय, अल्प शक्ति, अल्प ज्ञान, अल्प संसाधन के बाद भी गुरु कृपा से महान कार्य संभव हो जाते हैं। गुरु का आभामंडल हमारे मन में आस्था – विश्वास – श्रद्धा – भाव पैदा करता है। हममें चारित्रिक उच्चता, ज्ञान की गहराई, विवेक की अनुभूति, अद्‌भुत अनुभव, उच्च आदर्शों की सच्चाई भी सिखाता है। गुरु की उच्चता आदर्श शिक्षक के मन में गर्व–भाव पैदा करती है। गुरु से ही योग–ध्यान–साधना–उपलब्धि का आभामंडल भी आवश्यक होता है। गुरु के अध्यात्म–ज्ञान व उच्चतर चारित्रिक गुण भी प्रभावक होते हैं। गुरु को श्रेष्ठ, उच्च एवं दिव्य–गुणों से युक्त होना चाहिए। यदि गुरु में ज्ञान–अनुभव–अनुभूति की त्रिवेणी है, तब वह अपने शिष्यों की ज्ञान पिपासा को शांत कर पाएगा। गुरु भी हमारे लिए ईश्वर तुल्य ही होता है। इन्हीं कारणों से शिष्य गुरु के चरणों में अपना अस्तित्व नमन–विनम्रता से अर्पित कर देता है।

जीवन में आदर्श **एवं लक्ष्य तय हैं। हम अपनी संपूर्ण ऊर्जा बिना अपव्यय व क्षय के लक्ष्य पाने में लगाना चाहते हैं। लक्ष्य के प्रति जुनून है, तब एक आदर्श गुरु मार्गदर्शन के रूप में दिशा प्रदान कर रहा हो, तब समझो कोई भी बड़ी विपरीत समस्या या संसाधन कभी हमारी राह नहीं**

रोक सकती है। वह गुरु अपने दिशा–निर्देश के रूप में कर्म–ज्ञान–विश्वास की शक्ति बन, सतत् प्रयासों को मंजिल में बदल ही देगा। वह गुरुदेव–तुल्य बंद विकास यात्रा का अनमोल वरदान बनेगा।

जिन राष्ट्रों में गुरु व ज्ञान का सम्मान होता है।, ईश्वर में आस्था होती है, वही संस्कारी तथा शिक्षा–अध्यात्म बल–ज्ञान–विज्ञान जिस किसी व्यक्ति को जीवन में योग्य गुरु–ईष्ट में आस्था–विश्वास होता है, वह इस जगत की हजारों बुराइयों से मुक्त होकर एक सच्चा सद्मार्गी बन जाता है।

ईश्वर व गुरु पर विश्वास करो, जो तुम्हारी अंतर्निहित शक्तियों को अभिव्यक्ति प्रदान करता है। जब वह यह बात ठीक से जानता है कि शिष्य में कौन से गुण व कौन से अवगुण हैं, किस गुण को कैसे उभारा जा सकता है, उसे कैसे तराशा–निखारा–चमकाया जा सकता है, यह ज्ञान एक शक्ति बन जगत के भवसागर को पार करने का शस्त्र बन जाता है। इसी के सैलाबों, लहरों से पार कैसे पाया जा सकता है। हमारे दिव्य गुणों का विकास कैसे हो और हममें जो कमियाँ–बुराइयाँ हैं, उन्हें इस ज्ञान अग्नि में भस्म कैसे करें, सिखा देता है।

आधुनिकता–परंपरागत्ता का अनमोल समीकरण होता है। ऐसे समाज–राष्ट्र में गुरु से ज्ञान की धारा प्रवाहित होकर कई प्रतिभाओं को निखारकर मानवता के लिए श्रेष्ठ कार्य करने के लिए योग्य शिक्ष्य हो पाते हैं। ज्ञान ही वह शक्ति है, जो जीवन के अंतिम क्षण तक बोधशास्त्र के रूप में हमारी रक्षा करती है। वही हमें विकास के अनंत अवसर प्रदान करती है। इसमें स्वाध्याय – अध्ययन – अनुभव – अभ्यास – अनुभूति से ज्ञान प्राप्त कर गुरु के मार्गदर्शन में उसे कई गुना उपयोगी बनाया जा सकता

है। संघर्ष और विषमता में भी ज्ञान की आस जुनून में बदल सकते हैं।

यही जुनून ही जीवन की अद्‌भुत शक्ति बन जाता है। जो हमारे कार्य में रुचि–लगन–जुनून पैदा किया जा सकता है। वह हमें आनंद व सुख तो देता ही है, साथ ही कर्म का प्रतिफल भी अधिक मिलता है। हमारे लक्ष्य–सिद्धि का जुनून कारगर मंत्र साबित होता है। यह सब कुछ गुरु–ईश्वर की कृपा से ही संभव है। ज्ञान प्राप्ति का जुनून एवं ज्ञान को कर्म में बदलने का जज्बा हमारे लिए प्रभावी साबित होता है। राष्ट्र में ज्ञान– शिक्षा– शिक्षण– प्रशिक्षण में गुरु द्वारा ही आड़े–तिरछे बेरंग को भी तराश कर पुनः सौंदर्य प्रदान किया जा सकता है।

कलाकार की कला ही उन पत्थरों में भी सौंदर्य–जीवन आभा में बदल देती है। यह उस कलाकार के अंतर्मन की उच्च अभिव्यक्ति होती है। जब हम अपने अध्यात्म ज्ञान को बौद्धिक ज्ञान में बदलते हैं, तभी कई नई खोजों–रहस्यों के हल निकालकर सदा के लिए उन्हें उजागर किया जा सकता है।

गुरु–शिष्य–परंपरा के कई आदर्श उदाहरण विश्व–इतिहास में स्वर्णिम अध्याय के रूप में मिल जाएँगे। जैसे सुकरात–प्लेटो–अरस्तू की गुरु–शिष्य जोड़ी यूनानी चिंतन–मनन को नव रूप देकर मानवता को उच्च प्रेरणा व आदर्श देती है। इसी तरह से चाणक्य–चंद्रगुप्त का उदाहरण भारतीय इतिहास में भुलाया नहीं जा सकता है। चाणक्य ने किस तरह से एक सामान्य बालक का व्यक्तित्व निखार–तराश कर योग्य–सक्षम–प्रभावी बना देश का सम्राट बना देता है। जो नंद के विशाल साम्राज्य का विनाश कर एक नए विशाल साम्राज्य का स्वामी बन जाता है। यही चंद्रगुप्त राष्ट्र शक्ति की एकता–सुरक्षा–संस्कृति –संवर्धन एवं विकास का नया अध्याय जोड़, नया

इतिहास, नया भारत बना देता है। यह महान कार्य श्रेष्ठ गुरु के कुशल मार्गदर्शन में ही संभव होता है। कहा जाता रहा हैः—

बिन गुरु मिले ना ज्ञान

बिन ज्ञान नहीं संस्कार।

बिन संस्कार नहीं संस्कृति

बिन संस्कृति नहीं प्रगति।।

ज्ञान की शक्ति को यदि एक उच्च अध्यात्म गुरु के मार्गदर्शन में पाया गया है, तो उसका उपयोग हम राष्ट्र—हित, समाज—हित, मानव—हित में करते हैं, तभी वह ज्ञान शक्ति एक ब्रह्मास्त्र बनकर दिव्य स्वरूप प्राप्त कर लेती है। धनुर्धारी अर्जुन, महाराणा प्रताप, वीर शिवाजी एवं भगवान राम, भगवान कृष्ण भी गुरु शक्ति के साकार स्वरूप रहे हैं। यह महान युगांतरकारी आदर्श गुरु की उत्कृष्ट दिशा—निर्देश का ही प्रतिफल है। यह गुरु—शिष्य—परंपरा भविष्य में भी युवाओं हेतु अनवरत जारी रहेगी।

भारतीय इतिहास में स्वर्णिम अध्याय के रूप में महाराणा प्रताप एवं वीर शिवाजी जैसे महानायक इतिहास में युगों तक उभरकर प्रेरणा पुरुष बने रहेंगे। उनके महान व्यक्तित्व को निखारने—तराशने—चमकाने में गुरु का मार्गदर्शन एवं उनका आशीर्वाद ही प्रमुख रहा है। विश्व—इतिहास में अपने कौशल, युद्ध—रणनीति, स्वाभिमान, स्वाधीनता—प्रेम, राष्ट्र—प्रेमी के रूप में पहचाने जाते रहेंगे। इन महानायकों का संघर्ष—धैर्य—विश्वास—प्रयास—साहस ही इन्हें महान बनाता है। यह सब कुछ विषमता – विसंगति

– विपदा–बाधा में संघर्ष करते हुए एक कठोर अनुशासन के सांचे में ढले हुए व्यक्तित्व रहे हैं। वे युग–पुरुष, युग–नायक, युग–द्रष्टा युगों तक मानवता का दिशा–दर्शन करते रहेंगे।

'गुरु मानव के व्यक्तित्व–विकास की राह दिखाने वाला पारखी ही होता है। वही बाधा–विपदा के बीच से भी लक्ष्य की ओर बढ़ने वाला मार्गदर्शक बन जाता है। गुरु वह जौहरी है, जो हीरे को पहचानकर, तराश कर अनमोल बना देता है।'

भक्ति की धारा बहाओ

आस्था का सैलाब लाओ।

निःस्वार्थता बल है पाओ

मिले अपार सुख है सदा।।

गुरु से मिला ज्ञान व मार्गदर्शन इस जीवन–यात्रा के कठिन राह को भी सहज–सरल बना देता है। यह ज्ञान–अनुभव–अनुभूति संपदा एक नई दिशा प्रदान कर देता है। यही ज्ञान ही है, जो हममें शक्ति व विश्वास दोनों ही पैदा करता है। इसी से सफलता के कई द्वार खुल जाते हैं। हम समस्त आपदा–विपदा–समस्या पार कर, जीत के नए शिखर छू सकते हैं।

6. स्वयं अभिव्यक्त करें

अगर खुदी की हस्ती समझ जाओंगे
चाँद–तारों से ऊँचा जहां पाओगे।
अगर खुद ही के हौंसले रखोगे बुलंद
तब हर बुलंदी पर खुद ही नजर आओंगे।।

जिसने मन में ठानी है
वे ही आगे आते हैं।
सूरज बेशक बन न सके
दीप जरूर बन जाते हैं।।

हरिवंश राय की यह पंक्तियाँः–
मानव के अंतर्मन में
जो कुछ उत्तमतर है।
उसी के अभिव्यंजन का
जीवन यह अवसर है।

सुखमय वह केवल
जो इस तप में
तत्पर है सदा।

स्वयं के अंतर्मन की शक्ति अभिव्यति करो।

मानव के अंतर्मन की अभिव्यक्ति ही हमारी प्रतिभा–क्षमता–योग्यता का प्रस्फुटन है। प्रसिद्ध युनानी विचारक प्लेटो का कहना था:–

'भाषण कला मानव मस्तिष्क पर शासन करने की कला है।'

वाणी की अभिव्यक्ति अंतर्मन के भावों के शब्द–रूप ब्रह्मशक्ति बन जाती हैं, जो मानव हृदय पर आघात कर सोई शक्ति को जगा देती है।

यह पंक्तियाँ हमें सदैव प्रेरित करती रहेगी:–

लहरों से डरकर
नैया पार नहीं होती।
कोशिश करने वालों की
कभी हार नहीं होती।।

स्वयं अंतर्मन की चेतना–शक्ति जो अनंत है, उसे अभिव्यक्ति प्रदान कर विभिन्न मंचों पर प्रस्तुतीकरण से निखार आता है।

स्वामी विवेकानन्द युवाओं से आह्वान करते हुए कहते हैं:– 'मेरे प्यारे वीर किशोरों तुम्हें यह विश्वास होना चाहिए कि तुम इस संसार में बड़े कार्य करने के लिए पैदा हुए हो, तुम्हें किसी चीज से डरना नहीं है। हमारे आज के कार्यों पर ही हमारा भविष्य निर्भर होगा। आज से ही भविष्य का निर्माण होगा।'

कहा जाता रहा है –

कहते है महत्तजन

करके ही दिखलाते है।

कार्य सिद्धि से पहले

बात नहीं बनाते हैं।।

किसी कार्य को पूर्ण करने के पूर्व अधिक बात करने की बजाय हमें कार्य को सम्पन्न कर दिखलाना चाहिए, बिना किसी तनाव–दबाव के कार्य पूरा कर सके। कार्य को पूर्ण किया है तो प्रतिफल तो मिलेगा ही किन्तु उसे बिना फल की इच्छा के पूर्ण करना होगा। इससे हम कार्य सम्पन्नता की कई बाधा विपदाओं से मुक्त हो जायेंगे। बिना कठोर श्रम किए बिना बड़े लाभ की कामना व्यर्थ कार्य ही फल का कारक होगा।

बिना कठोर परिश्रम किए जीवन में किसी के भी सपने साकार नहीं होते हैं। कोई भी बड़ी सफलता कभी भी सहजता से नहीं मिल जाती है। किसी भी सफलता को पाने में एक लम्बी साधना–तपस्या–प्रयास लगते हैं। किसी सफलता को पाने का रास्ता संक्षिप्त नहीं होता है, वह हमारे सपनों का साकार रूप होती है किन्तु उसे पूरा करने में दृढ़ संकल्प, कड़ी मेहनत, धैर्य, साहस, विश्वास व सतत् प्रयास आवश्यक होता है।

निराशा – कुंठा – दुःख है छोड़ो

आशा – विश्वास – कर्म है जोड़ो।

बीता भूलकर करो कुछ नया

अन्तर्मन – कला – अभिव्यक्त करो सदा।।

हमारी अन्तर्मन की शक्ति असीम है किन्तु इस चेतना शक्ति का जागृत करना सहज नहीं है। चेतना का दीप तभी प्रजवलित होगा जो अपनी कीमत मांगता है।

स्वामी विवेकानन्द युवाओं से आह्वान करते हुए कहते हैं:– हमारे युवाओं के अन्तर्मन में अनन्त शक्ति होती है। इसे पहचानने व अभिव्यक्ति देने की आवश्यकता होती है। प्रत्येक व्यक्ति में कोई न कोई विशिष्ट प्रतिभा होती है। उसे पहचान कर मंच पर अभिव्यक्त कर देने से निखार आता है। इस प्रतिभा को संरक्षण–संवर्धन कर उसे और अधिक प्रभावी बनाया जा सकता है। जब हमारी योग्यता, क्षमता, प्रतिभा जन–जन तक पहुंचती है तब ही हमें आनन्द देती है। यही प्रतिभा अन्य को प्रभावित कर प्रेरक बन उन्हें भी मंजिल की ओर बढ़ने में मदद करती है। जब हम अपने अन्तर्मन के भाव को अभिव्यक्त कर उसके प्रभाव को देखते हैं तब जो आनन्द अनुभूति है वह अभि व्यक्ति नहीं की जा सकती है। जैसे एक लेखक वर्षों के परिश्रम अनुसंधान में समय, शक्ति, मन लगाकर पूर्णता देता है और जब वह मुद्रित होकर पुस्तक रूप में आती है जब उसका विमोचन अथवा उस पर चर्चा होती है, पुस्तक प्रशंसा पाती है इस आनन्द का वर्णन नहीं किया जा सकता जो लेखक अनुभव करता है। यही जब वो सम्मान पुरस्कार पाती है तब प्रयासों के दौरान राह की बाधाएं गौण हो जाती है। जब कोई कार्य रूचि का होकर अभिव्यति पाता है वह अधिक फलित होता है। यदि हमने अपनी प्रतिभा को नहीं पहचाना उसे आगे नहीं बढ़ाया तब वह धीरे–धीरे अभ्यास के अभाव में कुण्ठित होकर उसका ह्रास होने लगता है। किन्तु सब वह एकाग्रता लगन सतत् अभ्यास से साकार रूप लेती है हो सकता है वह हमारा जुनून बनकर जीवन लक्ष्य बन जीवन की सार्थकता सफलता दोनों को प्राप्त कर लेती है। जैसे एक

खिलाड़ी, लेखक व कलाकार की कला योग्यता अभ्यास अभिरूच के कारण सतत् प्रयास से संघर्ष करते हुए धैर्य रखकर निखरती है उसमें अधिक कुशलता – निपुणता – चमक हमारे आत्मविश्वास को बढ़ाती है। इसी से कई नये अवसर जन्म लेते हैं, तब कुछ लक्ष्य ऐसे होते हैं जिनसे हममें जुनून पैदा हो जाता है, यही कार्य के प्रति जुनून ही हमारी सफलता का मूल मंत्र बन जाता है। ऐसे लोग ही होते हैं जो समाज–राष्ट्र–मानवता के लिए अनमोल बन जाते हैं। राष्ट्र प्रेम – राष्ट्र सेवा – मानव सेवा – कला सेवा – साहित्य सेवा आदि भी इसमें शामिल होते हैं।

हमारा इतिहास इस तरह की स्वर्णिम सफलताओं से भरा हुआ है। हम जब किसी भी कार्य को बिना रूचि – लगन – पसंद के करते हैं तब वह धीरे–धीरे हमें अरूचिकर लगने लगता है। यदि इनमें रूचि – लगन – सतत् अभ्यास बना रहे। यह हमारा स्वयं का ही दायित्व है। अन्य कोई भी व्यक्ति इस कार्य में हमारी मदद नहीं कर सकता है। हम किसी भी कार्य को चुनकर आनन्द के साथ करें या फिर हमें वही कार्य करने के लिए बाध्य होना पड़ेगा जो चाहे हमारे रूचि कर नहीं भी हो। हम परिस्थितियों – भाग्य को दोष देने की बजाय स्वयं अनुकूल स्थिति बनाने का प्रयास करना होगा। जो भी हमारे पास साधन – सुविधाएं हैं उसी से बड़ी मंजिल की ओर बढ़ना होगा। जैसे – एक विद्यार्थी अध्ययन के जुनून में एक दिन बड़ी प्रतियोगी परीक्षा में शामिल हो उसे पास कर उच्च मंजिल छू लेता है। वह इस कार्य में साधन – सुविधा – परिस्थिति को बाधा नहीं बनने देता है। समय के प्रवाह के साथ बाधाओं – विपदाओं के भी हल निकलने लगते हैं। हमारे कार्य लक्ष्य को जंगल में सिंह की सत्ता – शासन – प्रभाव होता है। वह स्वयं ही अपने श्रेष्ठ गुणों के कारण अपना उत्कृष्ट स्थान बना लेता है।

उसका अकेला चलना व अकेला रहना उसके मूल स्वभाव – शान का प्रतीक होता है। सिंह का अपना साहस एवं विश्वास ही उसे अन्य प्राणियों से अलग करता है। वह अपनी रात स्वयं बनाता है। अपना शिकार स्वयं कर ही भक्षण करता है। उसकी दहाड़, उसकी चाल, उसकी शक्ति–स्फूर्ति, उसका स्वाभिमान, उसका व्यवहार ही उसे सबसे खास–विशेष–रैष्ठ बनाकर जंगल का बेताज राजा बना देता है। उसका अभिव्यक्त – शक्ति – साहस – स्वाभिमान के गुण ही अन्य से श्रेष्ठ बनाकर उसे वन्य प्राणियों में सर्वश्रेष्ठ बना देते हैं।

जुनून बना लेना ही एकमात्र हल है। यदि हम अपनी रूचि का कार्य करते हैं तब ज्यादा अनुकूल फल देता है। यही जीवन एक जंग है इसे जीतने के लिए लड़ना ही होगा, जीतना भी होगा। जीत नये अवसर देकर आगे बढ़ायेगी। हर चुनौती बन ज्यादा बड़ी कीमत मांगेगी, हर पराजय हमारी राह में बाधाओं को बढ़ा देती है। हर जीत राह को सहज–सरल बना देती है। जिस कार्य को कई दशक वर्षों तक करने के बाद भी थकान – अरूचि – अम्यिता अनुभव नहीं होती है। यही हमारा कार्य संकल्प व जीवन लक्ष्य बन जाता है। इस कार्य विकल्प बनने व भटकने की बहुत कम संभावना होती है। जैसे एक राष्ट्रीय – अन्तर्राष्ट्रीय स्तर का खिलाड़ी जिस खेल में है उसी में अपना शत–प्रतिशत लगाकर उस खेल का अपना सर्वस्व समर्पित कर देता है। वही खेल उसकी पहचान व उसका जीवन आधार बन जाता है सारा जीवन उसी में जीता है।

जब हम अपने जीवन की प्राथमिकता स्वयं पहचान लेते हैं उसे हम अपने स्वभाव व रूचि के अनुसार चुनते हैं। इसी को जुनून बनाकर सफलता का शिखर छू लेते हैं उसी के विशेष माहिर माने जाने लगते हैं। यह दुनिया भी उन लोगों का सम्मान करती है। जिनकी प्रकृति नियति

ईश्वर तय कर देता है। यही लोग बड़े व महान कार्य कर अपने क्षेत्र में समान – राष्ट्र आदर्श व मार्गदर्शक बन जाते हैं। खासकर लेखन / साहित्य / खेल / कला / विज्ञान/ विधि / चिकित्सा / संगीत / नृत्य / गायन आदि सभी क्षेत्रों पर लागू होता है। हमें स्वयं को अभिव्यक्त करने की कला को सीखना होगा। उसमें निपुणता हासिल करनी होगी। तभी हम सफलता का उत्सव बना पायेंगे। स्वयं निःस्वार्थ भाव से कार्य करते हुए मानव सेवा हित के आनन्द की अनुभूति कर पायेंगे। तभी अन्तर्मन के अनन्त शक्ति का प्रवाह चेतना साकार रूप ले पायेगीं।

कन्नड़ भाषा में एक कहावत है :–

'कुंए में चाहे कितना भी पानी हो केवल चाहने मात्र से पानी नहीं निकल आता है।'

केवल हमारी अभिव्यक्ति का प्रयास न हो बल्कि हमें अपनी कला को क्षमता – योग्यता – अभ्यास – प्रयास द्वारा निखारना चाहिए। हम अपने आदर्श लक्ष्य में उसे शामिल करें। उसे अपने कार्यें – ज्ञान प्रयासों से अभिव्यक्त कर हर क्षण – हर वक्त – हर पल स्वयं को चुनौतियों का सामना करने के लिए तैयार रखें। हमारा हर एक कदम कार्य हमारी परीक्षा है, जब हम मंच पर परीक्षा देगे तब परिणाम तो आना ही है, जब हम मंच पर योग्यता – क्षमता – प्रतिभा का प्रदर्शन अच्छा रहा तब उसका लाभ हमें मिलना ही है। यदि कहीं भी हर्म असफल हुए तब अवसर कम होकर चुनौतियाँ बढ़ेगी। हमें प्रतिपल अच्छे परिणाम के लिए तैयार रहना होगा। स्वयं को हर क्षण जंग के लिए तैयार रहे, सतत् अभ्यास करते रहें। मंच पाने के अवसर की तलाश में रहे जब भी अवसर मिलें।

यदि हम कार्य के सम्बन्ध में कठिनाई अनुभव कर रहे हैं। बाधा–विपदा राह रोक रही हो तब ऐसे में छोटे–छोटे लक्ष्य तय कर उन्हें पाने का प्रयास करें। इस दौरान हमें अपने हौंसले और आत्मविश्वास को बनाये रखना होगा। अपनी शक्ति पहचान कर उसे बढ़ाने के प्रयास करने होंगे। आपका आत्मबल ही योग्यता क्षमता का पूर्ण उपयोग कर सकने में अहम होगा।

स्वयं के अचेतन मन को जागृत एवं संकल्पवान बनाना है तब इसे आप दिन – रात में कई बार मन को दोहराये इससे वह चेतन मन पर अंकित होकर हमारा वह विचार बीज का कार्य करते हैं यह बीज अंकुरित हो, पौधा बन समय आने पर फलता–फूलता है। यही विचार सपना–संकल्प बन जाता है जो कर्म – ज्ञान – आस्था का यह अद्‌भुत संगम बनकर, हमें जीवन में नई राह बन जाती है। यही चेतना शक्ति संकल्प रूप में हमारी सफलता की यात्रा को शिखर पर पहुंचा देती है। स्वयं को जाग्रत करो। अवसर मिले तब अपना सर्वस्व लगाकर अच्छा प्रदर्शन करें।

यदि कोई कार्य हमारी इच्छा के अनुकूल नहीं होने पर उसमें उत्साह – उमंग – विश्वास का भी अभाव रहेगा। इसीलिए रूचि करते आनन्द कर अनुभव करें। यदि लक्ष्य पर ऊर्जा लगी तभी वह हमें अनुकूल परिणाम देगी। हमें अपनी पसंद के कार्यों में अपना शत्–प्रतिशत् देना होगा। दुनिया की शिक्षा से हम प्रशिक्षित होकर हुनर सीख कार्यों को निपुणता – कुशलता से सम्पन्न करें। श्रेष्ठ गुण हमारी उच्च – श्रेष्ठ अभिव्यक्ति का कारक है। मन संयम नियंत्रण हमारे कार्य की गति एवं गंभीरता दोनों बढ़ा देता है। हम अपनी असीम क्षमताओं का उपयोग सही ढंग से सही दिशा में करें। हम जीवन लक्ष्य तय कर कार्य करेंगे तभी सफलता मिलेगी। कार्य सतत् होते हैं आगे

बढ़ने के लिए हमें सीढ़ी–दर–सीढ़ी आगे बढ़ना होगा। सकारात्मक विचारों के साथ संकुचितता के दायरे लांघते हुए आगे बढ़ना होगा। भाषण देने की कला एवं बातचीत का प्रभावी तरीका हमें सफलता में विशेष भूमिका निभायेगा। भावों की अभिव्यक्ति भाषा से होती है इसलिए भाषा में उच्चता का होना जरूरी है। ज्ञान – अनुभव – अनुभूति की त्रिवेणी हमें एक उच्च विचारक बना देती है हमारे विचार यदि कागज पर आलेख / पुस्तक के रूप में दुनिया के सामने आते हैं तब वह अदलाव प्रेरणा देने में प्रभावी साबित होते हैं। विचारों की शक्ति से ही मानव समाज–राष्ट्र को बदला जा सकता है। उसे विध्वंस से विकास की ओर मोड़कर हम एक सभ्य विकसित सुखी समाज व राष्ट्र का निर्माण कर दिव्यता जग में फैला सकते हैं।

जब आत्मबल डगमगाता है
तब भय हावी हो जाता है।
जब मन–मस्तिष्क आधी जंग
लड़े बिना ही हार जाता है।

आत्मबल जब कमजोर पड़ता है तब उस पर भय हावी हो जाता है, ऐसे मन–मस्तिष्क में भय के भाव से लड़ाई लड़ने में हार की स्थिति बनती है।

मुश्किलें हौंसला आजमाती है
स्वप्न के परतें निगाहों से
हटाती हैं आगे बढ़ाती है।
ऐ हिम्मत हारने वाले

हिम्मत न हार

ठोकरें ही तो हैं

जो इंसान को

चलना सीखाती है।।

अपने ज्ञान–कला–हुनर को जब हम मंच पर अभिव्यक्ति देते हैं तभी वह परिणाम देता है।

7. अवसर को पहचाने

जिसने अवसर को नहीं पहचाना
उसे मिटना पड़ा है।
बच गया तलवार से तो
फूल से कटना पड़ा है।।

चाहे कितनी भी बड़ी हो
चाहे कितनी भी कठोर
हर नदी की राह में
चट्टान को हटना पड़ा है।

अवसर को पकड़ लेने
वालों की कभी हार नहीं होती।।

'बिना अवसर के हम अपनी पूर्ण योग्यता का लाभ नहीं ले सकते हैं।' – नेपोलियन

जो अवसर को पकड़ लेता है वही सफलता पाता है। – गेटे 'सफलता – साहस – मेहनत – अवसर की प्रतिफल है।'

मैं धूप में खड़ा था
सतत् चला रहा।
मंजिल पर पहुँच गया
वह छाया में था
बैठा रहा, सो गया।।

'जोखिम उठाओ, संघर्ष करो, प्रयास करते हुए बाधाओं – विपदाओं से लड़ो। अपना सर्वस्व अर्पित कर लक्ष्य प्राप्त कर लो।'

'जीवन में अवसर ही अवसर को जन्म देता है। अवसर को जाने न दो, उसे चूके नहीं, तत्काल पकड़ लें।'

यदि हवा के रुख के अनुसार सही वक्त पर सही तरीके से जहाज के पाल खुले रहें, तभी जहाज मंजिल की ओर बढ़ सकेगा। न जाने कौन हवा का झोंका हमें मंजिल की ओर धकेल दे। वक्त की नजाकत को समझें, उसकी कीमत जानें। न जाने कब वक्त बदल जाए, हमारे सुनहरे सपने अवसर पाकर मंजिल तक पहुँच जाए। यही आज के वक्त–अवसर के संबंध में कटु सच्चाई है।

हम अवसर को पकड़ने के लिए स्वयं को सदा तैयार रखें। न जाने कब, किस वक्त सही अवसर आ जाए। यही वक्त–प्रवाह की पहचान हमारे लिए अनमोल क्षण होता है। यही ईश्वर का दिया हुआ अनमोल उपहार होता है। सही हमारी अनमोल संपदा ईश्वर ने सबको– राजा हो या रंक (छोटा हो या बड़ा) सबको बराबर, समान मात्रा में दी है। बस इसमें अंतर यही होता है कि कौन जागरूक रहकर अपनी क्षमताओं से ज्यादा की ज्यादा उपयोग कर सकता

है। यदि वक्त के प्रवाह को सही समय पर उपयोग नहीं किया गया, तो वह समय कभी भी वापस नहीं आता है। तब यही उदासीनता, असर्तकता, लापरवाही हमारे पतन का कारक बनती हैं। इसी से हम समय प्रबंधन का नियोजन कर ही इसका सर्वाधिक लाभ उठा सकते हैं। समय का अपव्यय ही लक्ष्य प्राप्ति में सबसे बड़ी बाधा होती है। जो वक्त एक बार चला गया, वह वापस नहीं आता है। जब भी वह आएगा, तो वह आज ही बनकर आएगा। हमारे आज के कार्यों पर ही हमारा भविष्य निर्भर है, इसीलिए यह समय किसी स्थान, समय, व्यक्ति के लिए उसके मिलन पर सर्वश्रेष्ठ प्रतिफल होता है। यदि सही समय पर उपयोग नहीं किया गया, तब वह प्रवाह हाथ से चला जाता है, जो वापस नहीं आता है। इसका सही उपयोग कर ही हम इसे एक अनमोल संपदा के रूप में निवेश आज ही कर सकते हैं। यही तभी हमारे जीवन में वरदान बन सकता है।

आज ही हमारा है, वही हमारे हाथों में है, वही सदा हमारे साथ है। अब आज का वक्त–प्रवाह ही हमारे विकास यात्रा में नींव का पत्थर साबित होकर भव्य इमारत का निर्माण कर सकता है। यदि वह आज हमारी लापरवाही, आलस्य, प्रमाद के कारण चला गया, तब वापस नहीं आएगा। इसका संयम कल के लिए उपलब्धि प्राप्त कर इसका उपयोग कर ही किया जा सकता है। इस जीवन में वे ही लोग सफल होते हैं, जो इस बहुमूल्य समय को अपनी मुट्ठी में पकड़कर उसका उपयोग अपने अनुकूल करने की क्षमता–योग्यता रखते हैं, जो सदा ही...

उदाहरण के लिए, स्वयं ही कला, विद्या, खेल, संगीत, नृत्य, गायन क्षेत्र में रुचि–लगन के कारण सहजता से अध्ययन, प्रशिक्षण, अभ्यास से सीख कर, सतत् प्रयास करते हुए निपुणता, **श्रेष्ठता व**

कुशलता–विशेषज्ञता हासिल कर विभिन्न मंचों से जब अपनी प्रतिभा को साबित कर पाए, तब हमें एक नया लक्ष्य–आदर्श, नई राह आपको दे, तभी सफलता का शिखर मिल सकता है।

वक्त के पाबंद होते हैं। किसी भी कार्य का आरंभ कर सतत् कार्य करते रहते हैं, वे ही कई बाधाओं के बाद भी अपना कार्य समय–सीमा में पूर्ण कर लेते हैं। ऐसे ही समय के पाबंद लोग, अवसर को समझने वाले लोग ही दुनिया में अपनी विजय पताका फहरा सकते हैं। यह कहा भी जाता है कि – 'जब दिया बुझ गया, तब तेल डालने से क्या लाभ?' वक्त के बीत जाने के पश्चात पछताने से क्या लाभ होगा? सब कार्य यदि सही वक्त पर किए जाएँ, तभी सफलता संभव है। वक्त बीत जाने पर बीज बोने से क्या लाभ? जब चिड़िया खेतों में दाना चुग गई, तो पछतावा करना निरर्थक ही होता है। वक्त पर यदि कार्य संपन्न नहीं हो, तब बड़े लाभ की वक्त बीतने के बाद अपेक्षा नहीं की जा सकती है। जो वक्त को मान–सम्मान देते हैं, वक्त भी उनका सम्मान करता है। वक्त ही बलवान है, वक्त ही संपदा है, वक्त ही अवसर है, वक्त ही वक्त की शक्ति है। वक्त को समझना, सही वक्त पर कार्य पूर्ण कर लेना हमारी समस्याओं के हल हैं। वक्त को उपेक्षित करने वाला स्वयं उपेक्षित हो जाता है। इसी के कारण उसके जीवन में कई विकृतियाँ...

एक विद्यार्थी वर्ष भर परीक्षा की तैयारी करता है। वह अपने समय, शक्ति, प्रतिभा का उपयोग सर्वस्व अर्पित कर देता है। हर पक्ष को लक्ष्य अनुकूल बनाने का प्रयास करता है। कई प्रकार के अभाव–कमियाँ–साधनों के अभाव के बाद **भी बाधा–विपदा लाँघकर प्रमाणीय सूची में स्थान प्राप्त कर लेता है। यह बिना अवसर उसके भविष्य के**

कई अवसरों के नए द्वार खोल देता है। अवसर ही अवसर को जन्म देता है।

पैदा होती है। यह वक्त ही वक्त का इलाज है। यदि हमें सुखी व तनाव–रहित जीवन जीना है, तब सतत् कार्य करते हुए सीढ़ी–दर–सीढ़ी आगे बढ़ते रहना है, तभी मंजिल पर पहुँचना संभव होगा। सही वक्त पर कार्य पूर्ण करना ही सफलता का मूल मंत्र है। हमें स्वयं को कर्मवीर व ज्ञान का साधक बनाना होगा। हमारी लगन – रुचि – जुनून ही कार्य शक्ति बनेगा। आने वाले वक्त–प्रवाह के साथ अवसरों को भी शिकार कर पकड़ लो। न जाने कब वह हमारे हाथों से फिसल जाए। कदापि थोड़ी देर भी न करें।

अंग्रेजी में कहावत है–

'कोई अवसर चूकने के बाद वह वापस नहीं आता है।'

अवसर जीवन में हवा का एक सुखद झोंका है। यदि हम तैयार हैं, तभी वह लाभकारी साबित होगा, अन्यथा वह शीघ्र ही चला जाएगा।

अवसरों को पैदा किया जा सकता है। अपनी योग्यता–क्षमता–निपुणता बढ़ाकर कई नए अवसर जन्म लेते हैं। हमारी योग्यता–क्षमता–निपुणता–कुशलता ही है, जो नए अवसरों को जन्म देती हैं। यह अवसर ही होते हैं, जो जीवन को नई दिशा प्रदान करते हैं। हमें अपने पुरुषार्थ से ज्ञान, भावना, आत्मविश्वास से विशेषज्ञ कुशलता हासिल करनी होगी। हमारा सीखा हुआ हुनर कई अवसरों का आधार बनेगा। भविष्य की बड़ी सफलताओं के लिए धरातल तैयार करेगा। जैसे तुम्हें आधुनिकता का ज्ञान है, जिसमें अगर निपुणता है, तब उस क्षेत्र में बड़े अवसर सामने होंगे, जब उस क्षेत्र के

सागर में उतरकर अनमोल मोती हमारे हाथ में होते हैं। अच्छी डिग्री, अच्छा प्रशिक्षण, उस क्षेत्र का कार्य–अनुभव, उस कार्य में निपुणता, उसमें विशेषज्ञता ही अनेक अवसर पैदा कर विकास की राह बना देते हैं। यह मिलने वाले अवसर ही हमें नई पहचान देते हैं।

गेटे का कहना था–

'जो अवसर पकड़ लेता है, वही सफलता पाता है।'

अवसर को पकड़ लेने के लिए सदैव तैयार रहें। न जाने किस क्षण बड़ा अवसर हमारे सामने हो और उसके लिए हम तैयार न हों। जब अवसर आएगा और हमारे द्वार से शीघ्र ही चला जाएगा। अब वह कब आएगा या नहीं आएगा, कहा नहीं जा सकता। उस अवसर को चूककर हमने भविष्य के अनेक अवसरों को खो दिया है। ऐसी स्थिति में अब हमारे पास पछतावे के अलावा कुछ नहीं होगा। जो लोग कर्मवीर हैं, पुरुषार्थी हैं, कर्मठ हैं, आत्मविश्वासी हैं, ज्ञानवान हैं, वे लोग अनेक अवसर पैदा कर अन्य कार्य क्षेत्र, श्रेष्ठ अवसर की उत्कृष्ट पृष्ठभूमि तैयार कर देते हैं।

अगर फूलों की चाह हो
काँटों की चुभन स्वीकार करो।
अगर जीत का जश्न चाह हो
संघर्ष, प्रयास, धैर्य व्यवहार करो।

अवसर और सफलता एक दूसरे के परिपूरक हैं। जो अवसर को पहचान–पकड़ लेता है, उसे अपने अनुकूल ढाल लेता है, वही कर्मवीर इस संसार में अपनी सफलता

का परचम फहरा अमर हो जाता है। समाज, राष्ट्र, मानवता के आदर्श–प्रेरक नायक यही होते हैं, जो वक्त के अनुसार चलते हैं।

अपना भविष्य स्वयं गढ़ो
अपने भाग्य निर्माता स्वयं बनो।
हर पल तैयार रहो तुम
अवसर दामन थामो सदा।।

वक्त, भाग्य, अवसर उन्हीं का साथ देता है, जो कर्मवीर, ज्ञानवान, धैर्यवान होते हैं। यह नए अवसर ही विकास की सीढ़ी बन जाते हैं। यही है जो सीढ़ी–दर–सीढ़ी विकास यात्रा को जारी रखकर मंजिल की ओर बढ़ते हैं। इसी से मंजिल पाने के कई अवसर हमें मिल जाते हैं। यही सफलता के मूल कारक बनते हैं। इन छोटी–छोटी सफलताओं से ही बड़ी सफलता का पहाड़ खड़ा हो जाता है। हर एक सीढ़ी हमें सफलता की मंजिल की ओर ले जाती है, चाहे हमारा लक्ष्य कितना भी कठिन क्यों न हो।

यदि हम संघर्ष से डर कर अकर्मठ बने रहें, भाग्य के भरोसे बैठे रहे, तो भी कई प्रकार के अवसर हम चूक जाएँगे। भाग्य भी उन्हीं का साथ देता है, जो कर्मवीर होते हैं। जैसे एक विद्यार्थी हायर सेकेंडरी के बाद स्नातक होने के लिए कठिन परिश्रम कर श्रेष्ठ परिणाम लेगा, तब कई अवसर उसके स्वागत में खड़े होंगे। उसके विकास की कई नई राहें–द्वार खुल जाएँगे। किंतु यदि वह प्रवाह के अनुसार उसके अनुकूल आगे नहीं बढ़ा, तब कई अवसर चूक जाएँगे, जिसकी भरपाई जीवन में आगे संभव नहीं होगी। जो विद्यार्थी कठिन परिश्रम कर कठिन प्रयास नहीं

करता है, वह कई अवसर खो देता है। यदि वक्त को सम्मान देकर सही वक्त पर संघर्ष–प्रयास करेंगे, तभी सफल हो सकेंगे। हमें उदासीनता, आलस्य, प्रमाद का परित्याग करना ही होगा। इससे बाद वक्त वह हमसे करवाता, जो हमारी रुचि व योग्यता के अनुकूल नहीं होता है।

केवल योग्यता का होना ही पर्याप्त है, उसकी सही वक्त पर सही पहचान कर, अवसरों का लाभ उठाकर सतत् प्रयास करते हुए लक्ष्य की ओर सीढ़ी–दर–सीढ़ी बढ़ना ही होगा। यदि हमने सही वक्त पर सही काम नहीं किया, तब दुनिया में कोई भी हमारा भला नहीं कर सकता है। जैसे यदि सही वक्त पर बीज नहीं बोया गया, तब उसके अंकुरण से पौधा बनने एवं फलित–फुलित होने में बाधा आएगी, तब हमें अनुकूल परिणाम नहीं मिलेंगे। वक्त के प्रवाह को पहचान कर सही वक्त पर सही कार्य करने वाले ही सफलता का शिखर छू पाते हैं। अगर हम प्रवाह का उपयोग करे बिना शक्ति के क्षय व अपव्यय किए, शत–प्रतिशत लगाकर ही अच्छा प्रतिफल पा सकते हैं। इसके विपरीत वक्त प्रवाह का क्षय–अपव्यय को रोक नहीं पाते हैं, तब हमारा विकास रथ धीमी गति से चलते रहने के कारण मंजिल से वंचित रह जाएगा। जैसे – एक दौड़ में श्रेष्ठ 8 खिलाड़ियों में पदक का क्रम कुछ सेकंड के अंतर से हो जाता है। एक सेकंड का अंतर तो सब कुछ बदल सकता है। सफलता के लिए अवसर की पहचान भी सफलता का मंत्र है।

सीढ़ी नुमा होती है विकास राह
आगे बढ़ो, सीढ़ी–दर–सीढ़ी।
हजारों मील लंबी यात्रा भी
होगी आरंभ है प्रथम कदम से।।

अगर जग में चमकना है
तब सूरज सा तपना होगा।
संघर्षों में मथ कर तुम्हें
आग में तपना होगा।।

जो अवसर को पकड़े, सही वक्त पर व अनुकूल उनका उपयोग कर लेते हैं, वह कई नई अवसर पैदा कर प्रयास करते हुए सफल कहलाते हैं। जिंदगी में हर वक्त विजय जश्न मनाते हैं।

8. राजयोग– सुखी जीवन की राह।

योग तन को स्वस्थ
मन को तेजस्वी।
बुद्धि को ओजस्वी
आत्मा को दिव्य है बनाता।

'योग जोड़ता है आत्मा से परमात्मा को, मानव को प्रकृति से, संस्कृति से, संस्कारों और इस भौतिक जगत की अवधारणा में अध्यात्म के अमृत का पान करवाता है। यह योग एक सत्कार्य है, जिसे देव–कर्म कह सकते हैं। यस योग व्यक्तित्व के सर्वांगीण (शारीरिक, मानसिक, आध्यात्मिक, चारित्रिक) विकास का अद्भुत अविष्कार है।'

योग है वरदान जीवन का
योग है सम्मान मानवता का।
योग है बल आत्मा का
योग है जग अमृत समान।।

योग है जोड़ता
आत्मा को परमात्मा से।
योग है जग में
व्यक्तित्व विकास आलोक।।

कहावत है – 'जो फिट है, वही हिट है।' चलता हुआ आदमी और भागता हुआ घोड़ा कभी बूढ़े नहीं होते हैं। यह योग ही है, जो सत्+चित्त+आनन्द का अनमोल स्वरूप है। यह एक ऐसा कार्य है, जो देव पुरुषों द्वारा किया जाने वाला पावन कार्य है, जिसको अपने जीवन में ऋषि–मुनि भी करते हैं। यह योग हमारे जीवन में दिव्य गुणों का विकास कर कई बुराइयों से मुक्त भी करता है। यदि यह योग हमारे जीवन का अंग बन जाए, तब असीम आनंद की अनुभूति करवाता है। योग की सार्थकता सम्यक आहार, सम्यक विहार, सम्यक निद्रा में होती है। इस योग की सिद्धि के लिए संयुक्त चित्त शुद्धि के साथ यथा–योग्य कर्म एवं यथा–योग्य चेष्टा करने वाले का ही सिद्ध होता है।

योग जीवन में अध्यात्म अमृत के समान होता है।

यह योग मानव की अद्‌भुत शक्तियों में से एक है, जो हमारे व्यक्तित्व के सर्वांगीण– शारीरिक, मानसिक, आध्यात्मिक, चारित्रिक रूप से विकास में पतंजलि अष्टांग योग सूत्र में पहचाना जाता है। इसी पतंजलि योग सूत्र की शिक्षा अमेरिका में स्वामी विवेकानंद ने कक्षाओं के माध्यम से दी थी। इसी के लिए 'राजयोग' नामक पुस्तक भी लिखी थी, जो आज हमारे लिए योग पर एक अनमोल संपदा बन गई। इसी योग शिक्षा का बीजारोपण अपनी अमेरिकी यात्रा के दौरान स्वामी जी ने अमेरिका एवं पाश्चात्य जगत में किया था, जो आज मानव जाति के विकास, सुख–शांति, आनंद का मूल आधार बन गया है। इसी योग के विभिन्न पक्षों पर श्री कृष्ण भगवान ने कुरुक्षेत्र के युद्ध मैदान में कर्म–ज्ञान–भक्ति योग रूप में श्रेष्ठतम विवेचन किया है, जिससे यह योग दर्शन आदर्श देव–कर्म में परिणत हो गया है। यह योग एक उच्च आध्यात्मिक साधना के साथ जन–सामान्य को भी दिव्य

गुणों से युक्त बनाता है, जो सम्यक रूप से आहार, विहार, निद्रा को उचित मानता है।

यही योग आज के युग में मानव मात्र के लिए इस भौतिक जगत के मरुस्थल में अध्यात्म अमृत का पान हो, अपार सुख–शांति व आनंद देता है। यदि हमें स्वस्थ, सशक्त, तेजस्वी, ओजस्वी, दिव्य बनकर रहना है, हमें मनस्वी, तपस्वी साधक की तरह आनंद–शांति का अनुभव करना है, तब इसका योग ही सर्वश्रेष्ठ मार्ग है। यह योग दिव्य कर्म होकर हमारे अंतर्मन की शक्तियों की दिव्यता को अभिव्यक्ति प्रदान करता है। यही है जो मानव जीवन को गरिमापूर्ण, दिव्य रूप प्रदान कर कई प्रकार की बुराइयों से बचा लेता है एवं कई श्रेष्ठ गुणों का विकास हो जाता है। यह योग एक जीवन जीने की कला है। एक श्रेष्ठ पद्धति है, जो सदा ही ज्ञान, विज्ञान, कला, दर्शन, अध्यात्म की कसौटी पर खरा रहा है, जो समाज, राष्ट्र, मानवता को आदर्श की ओर प्रेरित करता है।

जिस भी प्रकार व्यक्ति में ज्ञान–कर्म–भक्ति की त्रिधारा का मिश्रण होता है, वही उच्च कोटि के व्यक्तित्व रूप में प्रस्तावित हो जाता है। यही इस समाज, राष्ट्र, मानवता के लिए वरदान बन प्रेषित करता है।

इसी योग से तन की स्वच्छता व सशक्तिकरण संभव है। इससे शरीर को गंभीर व्याधियों से मुक्ति मिल सकती है। मन संयम के साधन से बुद्धि–विवेक द्वारा इंद्रियों को नियंत्रित रखकर कई मानसिक विकृतियों से भी मुक्त हुआ जा सकता है। यह हमारी आत्मा को परमात्मा से जोड़कर, अध्यात्म में आस्था–विश्वास बढ़ाकर अध्यात्म अमृत का पान करवाकर कई विकृतियों से बचा लेता है।

हमें सदा ही यह बात याद रखनी चाहिए कि हमारे सारे विचार और कर्म अंतर्मन की अभिव्यक्ति होती हैं। इस योग क्रिया में इस अभिव्यक्ति का सहयोग होता है। जैसे एक चित्र की परिकल्पना अंतर्मन में जन्म लेती हैं, तत्पश्चात वही वास्तविक चित्र साकार स्वरूप–आकृति में बदल पाता है। इसी प्रकार से सारा ज्ञान हमारे अंतर्मन में निहित है, वही ज्ञान विभिन्न स्वरूपों में बाहरी ज्ञान की अभिव्यक्ति प्राप्त करता है। यही ज्ञान है, जो हमारा सदा से ही परम लक्ष्य रहा है। इस ज्ञान प्राप्ति की साधना मे मन की एकाग्रता, लगन, सतत् अभ्यास प्रमुख होते हैं। यही अध्यात्म ज्ञान ही योग–ध्यान से होने वाली सुखद अनुभूति होता है। मन पर नियंत्रण, विचारों के प्रवाह को सही दिशा, धारणा, ध्यान से ही संभव होता है। यह सुख और दुःख दोनों ही हमारे महान शिक्षक होते हैं। इन प्रेरक आघातों से कारक रूप में जुनून बन सकते हैं। यह सुख–दुःख एक दूसरे के परिपूरक होते हैं। यह भी वक्त–प्रवाह, देश–काल अनुसार बदलते रहते हैं। जो लोग आलसी, प्रमादी, कायर होते हैं। उनकी तुलना में कर्मवीर, आस्थावान, ज्ञानवान, साहसी व्यक्ति अधिक लक्ष्य के प्रति व निष्ठा से काम करते हैं। उसके लिए यह योग ही सर्वश्रेष्ठ मध्यम मार्ग होता है, जो हमारी कई विकृतियों, बुराइयों, अवगुणों से मुक्ति का सबसे सशक्त आधार होता है। यही योगाग्नि ही होती है, जो पाप कर्म को नष्ट कर सकती है। हमारी कर्मेंद्रियों–ज्ञानेंद्रियों को नियंत्रित रखने के लिए मन का नियंत्रण जरूरी होता है। यह संयम केवल योग से ही संभव होता है।

यह योग ही जो मानव मुक्ति का मार्ग है, जिसे देवता–ऋषि–मुनि भी अपनाते रहे हैं। यही योग है जो आत्मा को परमात्मा से जोड़ता है। इसी से दिव्य गुणों का आलोक अंतर्मन में प्रकाशित होता है।

राजयोग के सोपान

- यम : शुद्धिकरण का प्रथम सोपान है– अहिंसा, सत्य, अस्तेय, ब्रह्मचर्य।
- नियम : नियम शुद्धिकरण का पायदान है– तप, शौच, संतोष, स्वाध्याय, ईश्वर आस्था।
- आसन : योग के लिए उस आसन पर बैठना, जो सुखद अनुकूल लगे।
- प्राणायाम : प्राण वायु की सेवन विधि – श्वास ग्रहण करना, श्वास रोकना, श्वास छोड़ना।
- प्रत्याहार : मन इन्द्रियों का नियंत्रण (मन को एकाग्र करने की क्रिया)
- धारणा : विचारों का एक स्थान पर संयम, मन नियंत्रण धारण करने की प्रक्रिया।
- ध्यान : मन की एकाग्रता अभ्यास से ही संयम, नियंत्रण, निपुणता संभव। ध्यान ही उत्कृष्ट तरीका है।
- समाधि : यह राजयोग का सर्वोच्च आठवाँ आध्यात्मिक सोपान है।

यह योग ही मानव के सर्वांगीण व्यक्तित्व विकास का सर्वश्रेष्ठ तरीका है। इसी से शारीरिक, मानसिक, आध्यात्मिक, चारित्रिक विकास के द्वार खुल जाते हैं। नियमित योग से ही मन संयम, शरीर शुद्धि, बुद्धि का विकास, इंद्रिय नियंत्रण, अवगुणों से मुक्ति एवं दिव्य गुणों का विकास होकर व्यक्तित्व, आभामंडल, प्रकाशमान, आभा बढ़ती है। इस यम, नियम, आसन, प्राणायाम सामान्य व्यक्तित्व विकास के अहम पक्ष होते हैं। किंतु योग के उच्च चरण प्रत्याहार, धारणा, ध्यान, समाधि आध्यात्मिकता के सर्वोच्च चरण होते हैं। इसका आचरण देव, ऋषि, मुनि,

तपस्वी, साधक मानव करते हैं। यह राजयोग क्रिया से राष्ट्र–समाज के लिए अनमोल बन जाते हैं।

यह योग ही वह संपूर्ण प्रक्रिया है, जिसके द्वारा अवचेतन मन में चेतन की आभा को जन्म देना है। यही चेतन की आभा हममे इच्छा शक्ति को प्रकाशित कर सफलता का बीजारोपण हो जाता है। यही सफलता का मूल मंत्र है।

इसी से मानव भी दिव्य गुणों से युक्त और अवगुणों से मुक्त होकर दिव्य स्वरूप प्राप्त कर लेता है। यही योग ही है, जो आत्मा को परमात्मा से एवं मानव को प्रकृति से जोड़ता है। यही योग संपूर्ण साधना पद्धति है।

इस योग की साधना–उपासना मानव को उच्च आध्यात्मिकता का आनंदानुभूति करवाती हैं। यही योग मानव निर्माण, व्यक्तित्व निर्माण, समाज निर्माण, राष्ट्र निर्माण का महान किसी पतंजलि द्वारा खोजा गया अष्टांग सिद्धांत अद्भुत अविष्कार है। यह हमारे मन की व्याधियों, मन की विकृतियाँ एवं विवेक की विसंगतियाँ में बदलाव लाकर आत्मा की सर्वोच्चता तक मानवीय जीवन दिव्यता की आभा से प्रकाशमान हो जाता है।

स्वामी विवेकानंद ने माना कि राजयोग से प्राणवायु के साथ–साथ विचारों का भी प्रवेश होता है। इन सद्विचारों से तरंग रूप में ब्रह्मांड में अन्य सद्विचार प्रवेश कर हमारी सत्कर्मकता को बढ़ाते हैं। यही विचार बीज रूप में हमारे प्रेरणा भी बनते हैं। इनके कारण हम तरंग रूप की ब्रह्मांड में नकारात्मकता से बच जाते हैं। यह तो मानव तन–मन–मस्तिष्क के संयम का अविष्कृत वैज्ञानिक तरीका साबित हो चुका है। इस व्यक्ति में गुणों के विकास एवं अवगुणों को रोकने में सफल हो जाते हैं। यह

सद्–विचारों का प्रवाह असीम आनंद की अनुभूति करवाता है।

मानव जीवन के लिए योग–साधना साथ वरदान है। यह योग संपूर्ण व्यक्तित्व विकास की एक पूर्ण साधना पद्धति है। यह श्रेष्ठ देव–कर्म है। योग की सत्ता से हम स्वयं को शारीरिक, मानसिक, आध्यात्मिक, चारित्रिक रूप से आगे बढ़ाने में सक्षम होते हैं। यह मन संयम–एकाग्रता का अभ्यास ही हमें तनाव व अमानवीय गुणों से सहज मुक्ति दिला सकता है। योग सोपान भी हैं, जो हमें आस्थावान बनाकर एवं सफल, सुखी, शांत बना अद्‌भुत आनंद का प्रवाह प्रवाहित कर सकता है।

यह योग आज के युग में मानव मात्र के लिए इस भौतिक जगत के मरुस्थल में अमृत के समान है, जो हमें अपार सुख, शांति, आनंद देता है।

''योग अध्यात्म का अमृत'' है, जो भौतिक जगत की व्याधियों–विकृतियों का सुखद अमृत पान है।

संयुक्त राष्ट्र संघ के निर्णय अनुसार 21 जून को सारी दुनिया अंतर्राष्ट्रीय योग दिवस के रूप में मनाती है। इस योग–शांति–संपदा का लाभ सारी मानव जाति को मिल रहा है। यह योग वह संपदा है, जिसका उपयोग जो अमीर साधन संपन्न नहीं हैं, वह भी कर सकते हैं। एक प्रकार से ईश्वर ने इस प्रकृति–जनित व्यवस्था को सभी मानव प्राणी को समान रूप में प्राप्त कराया है। इसी से कोई भी व्यक्ति दिव्य गुणों का विकास की सकता है।

प्रोफेसर हरि सिंह कुशवाहा का रचना संसारः

मेरी 51 किताबें

1. विचार नायक – स्वामी विवेकानंद
2. स्वामी विवेकानंद का राजदर्शन
3. स्वामी विवेकानंद का राजनीतिक चिंतन
4. जय विवेकानंद
5. स्वामी विवेकानंद से क्या सीखे
6. स्वामी विवेकानंद और व्यक्तित्व विकास
7. स्वामी विवेकानंद – चिंतन के स्वर
8. युवाओं के प्रेरणा स्रोत – स्वामी विवेकानंद
9. महानायक – स्वामी विवेकानंद
10. स्वामी विवेकानंद पर प्रोफेसर हरी सिंह कुशवाहा व्याख्यान श्रृंखला
11. विवेक प्रवाह
12. विवेक अमृत
13. स्वामी विवेकानंद का यश गान
14. महापुरुषों की दृष्टि में स्वामी विवेकानंद
15. स्वामी विवेकानंद – हमारे आदर्श प्रेरणा
16. स्वामी विवेकानंद और सफलता का मंत्र
17. स्वामी विवेकानंद और लक्ष्य निष्ठा
18. स्वामी विवेकानंद और आदर्श व्यक्तित्व
19. स्वामी विवेकानंद और नेतृत्व गुण
20. स्वामी विवेकानंद और प्रबंधन
21. स्वामी विवेकानंद एक आदर्श व्यक्तित्व
22. ज्ञान रहस्य
23. ज्ञान दान सर्वश्रेष्ठ
24. स्वामी विवेकानंद – चरित्र गौरव गाथा
25. स्वामी विवेकानंद – व्यक्तित्व कृतित्व
26. स्वामी विवेकानंद – अमृत वाक्य (365)

27. बाल साहित्य – प्रेरक कहानियां
28. बाल साहित्य – प्रेरक प्रसंग स्वर
29. महानायक स्वामी विवेकानंद (महाकाव्य)
30. स्वामी विवेकानंद – विचार शतक
31. गुटनिरपेक्षता
32. गुटनिरपेक्षता और भारत
33. सातवां गुटनिरपेक्ष शिखर सम्मेलन 1983
34. इंद्रधनुष
35. आलेखों के आईने में
36. दिव्य प्रवाह
37. आस्था प्रवाह
38. गीता अमृत
39. दुर्गा सप्तशती अमृत
40. महाराणा प्रताप
41. हमारी आजादी की कहानी
42. हमारा संविधान (भारत का संविधान)
43. प्रखर वक्ता कैसे बने
44. प्रावीण्य सूची में स्थान कैसे
45. सफलता की राह
46. सफलता का रहस्य
47. सफलता का मूल मंत्र
48. सफलता का जुनून
49. सफलता की उड़ान
50. सफलता के अचूक सूत्र
51. सफलता की दौड़

***

www.ingramcontent.com/pod-product-compliance
Lightning Source LLC
LaVergne TN
LVHW050755051026
849532LV00008B/2877
* 9 7 8 9 3 6 4 3 1 7 6 0 3 *